Mes pas dans leurs ombres

Du même auteur

Romans

Priez pour nous, Bernard Barrault, 1990 ; J'ai lu, 2011
Je voudrais descendre, Seuil, 1993
Comme des héros, Fayard, « Libres », 1996
Mon premier jour de bonheur, Julliard, 1996
Des hommes éblouissants, Julliard, 1997
Un jour, je te tuerai, Julliard, 1999 ; J'ai lu, 2002
Trois couples en quête d'orages, Julliard, 2000 ; J'ai lu, 2003
Méfiez-vous des écrivains, Julliard, 2002 ; J'ai lu, 2004
Le Cahier de Turin, Julliard, 2003 ; J'ai lu, 2012
Écrire, Julliard, 2005
Le Chagrin, Julliard, 2010 ; J'ai lu, 2011
Colères, Julliard, 2011
L'Hiver des hommes, Julliard, 2012 ; J'ai lu, 2013
Vertiges, Julliard, 2013 ; J'ai lu, 2015
Échapper, Julliard, 2015 ; J'ai lu, 2016
L'Absente, Julliard, 2016 ; J'ai lu, 2017
Eugenia, Julliard, 2018 ; J'ai lu, 2019
Nous étions nés pour être heureux, Julliard, 2019 ; J'ai lu, 2021
L'Homme qui tremble, Mialet-Barrault Éditeurs, 2021 ; J'ai lu, 2022
Disparaître, Mialet-Barrault Éditeurs, 2022

Récits

Il ne m'est rien arrivé (Récit d'un voyage dans les pays en guerre de l'ex-Yougoslavie), Mercure de France, 1994

Documents

Paroles de patrons (avec Stéphane Moles), Alain Moreau, 1980
L'Affaire de Poitiers, Bernard Barrault, 1988
Hienghène. Le désespoir calédonien, Bernard Barrault, 1988
Survivre avec les loups. La véritable histoire de Misha Defonseca, XO, 2011

Lionel Duroy

Mes pas dans leurs ombres

roman

Mialet-Barrault Éditeurs
3, place de l'Odéon
75006 Paris

www.mialetbarrault.fr

ISBN : 978-2-0804-1155-6

« De toute l'histoire de la civilisation, c'est à la Seconde Guerre mondiale qu'il revient d'avoir révélé les aspects les plus dégradants de l'âme humaine. »

Matatias Carp
Cartea Neagra.
Le Livre noir de la destruction des Juifs de Roumanie 1940-1944

ROUMANIE ET ENVIRONS AUJOURD'HUI
BIÉLORUSSIE
VARSOVIE
KIEV
UKRAINE
POLOGNE
LVIV
voir carte parcours d'Adèle
SLOVAQUIE
CZERNOWITZ
Dniester
Bug
Tisza
Prut
TRANSNISTRIE
SUCEAVA
MOLDAVIE
DEBRECEN
IAŞI
HONGRIE
CHIŞINĂU
ODESSA
CLUJ-NAPOCA
Sret
Mures
TIMISOARA
ROUMANIE
Olt
BELGRADE
BUCHAREST
MER
NOIRE
SERBIE
Danube
KOSOVO
SOFIA
BULGARIE
PRISTINA
SKOPJE
MACÉDOINE
DU NORD
ISTANBUL
TURQUIE
GRÈCE
MER
MÉDITÉRANNÉE

Première partie :

L'innocence

Pendant que je dansais, buvais, m'enivrais, me mariais, trompais mon mari, eux étaient encore vivants, et je les ai ratés. Même leurs noms je les ignorais – Edgar Hilsenrath, Aharon Appelfeld, Michael Stivelman… Même leurs noms. Tout ce qui venait de là-bas – la Roumanie, la Moldavie, l'Ukraine… – me semblait sentir le chou. Comme l'appartement de mes parents, rue Traversière, au-dessus de la pharmacie – le chou, la peur, la misère.

Quelques mois seulement après notre mariage je trompais déjà Arthur. Envie d'être désirée, du regard des hommes, de leur convoitise. Désirée, je l'étais par Arthur, tous les soirs si j'avais voulu, oui, mais lui je savais, je connaissais. Tandis que le ministre, le député, le président de ceci ou de cela – « Déjeunons, Adèle, quand vous voulez… », « Puis-je vous envoyer mon chauffeur, là, tout de suite ? », « Chère Adèle, depuis l'entretien que je vous ai accordé, je ne pense qu'à vous. Puis-je espérer vous revoir vite ? » –, tandis qu'avec eux l'attente était délicieuse. Après chaque rencontre je me demandais quel SMS allait suivre – leurs mots, ce qu'ils allaient inventer. Si moi aussi j'avais hâte, je pouvais aussi bien répondre : « Oh oui, envoie-moi vite ton chauffeur », je savais que le tutoiement lui ferait perdre la tête. Sinon, rien ne pressait, peut-être coucherions-nous, ou peut-être pas. C'était à moi de décider.

Arthur m'aime, il l'écrit à chaque page de son journal intime. D'ailleurs, il ne parle pratiquement que de moi dans son journal, parfois quelques mots sur une, ou un, de ses malades, mais comme pour mieux revenir à moi, sa « petite voyoute », son « amour ». Je suis certaine qu'il ne me quittera jamais – même s'il apprenait que je couche à droite à gauche, je pense qu'il ne me quitterait pas. Il écrit qu'il ne se lasse pas de me regarder, de m'écouter, qu'il craint de ne pas avoir assez du reste de sa vie pour me « découvrir ». Il a beau être psychiatre, je crois qu'en effet il n'aura pas assez de temps parce que ses réflexions sont enfantines, pour ne pas dire déconcertantes d'ignorance, d'ingénuité.

Qu'espérait-il en me proposant ce voyage – « aux origines de ta famille, Adèle » ?

« Où ça ? Je ne comprends pas.

— Tu es bien d'origine roumaine, non ?

— Je déteste ce pays, je pensais te l'avoir déjà dit.

— Tu ne le connais pas, tu n'y as jamais mis les pieds.

— Connaître mes parents me suffit. »

Il était tard, Arthur conduisait, nous rentrions d'une fête de printemps chez un type de ma rédaction dont les parents ont une propriété en Normandie. Une de ces familles françaises blindées de thunes auxquelles je n'aimerais pas devoir présenter Liliana et Dumitriu Codreanu, pharmaciens retraités, domiciliés dans un garni sordide, rue Traversière (12e arrondissement).

« Tes parents sont âgés et fatigués, Adèle, ils ne résument pas à eux seuls d'où tu viens. Ni de quoi tu es faite. »

Je me suis mise à rire tout en rallumant une cigarette.

« Et de quoi je suis faite, mon chéri ? Dis-le-moi. Dis-le-moi vite.

— De chagrin ? De colère ? De vide ? J'imagine que tu te sentirais mieux si tu découvrais ton histoire, tes origines, en amont de tes parents, je veux dire.

— Tu m'emmerdes avec ça, Arthur. Tu m'emmerdes. Je ne suis pas une de tes patientes.

— La psychiatrie ne dit pas que des bêtises, tu sais.

— Arrête ! Je sais très bien ce que tu penses, mais jamais tu ne l'avoueras.

— Qu'est-ce que je pense ?

— On ne va pas reparler de ça puisque nous n'en voulons ni l'un ni l'autre.

— Ah, l'enfant…

— Oui, l'enfant. Tu te figures que c'est dans ma tête, qu'il suffirait…

— Je ne sais pas, Adèle, vraiment je ne sais pas… En tout cas, je n'y pensais pas à l'instant puisque nous nous sommes tout dit à ce propos. Tu n'en veux pas, et moi je me suis résigné à ne pas avoir un enfant de toi.

— Alors fiche-moi la paix avec la Roumanie. »

Nous étions au printemps 2018. Les journaux semblaient redécouvrir l'existence de mon pays depuis que les gens, à Bucarest et ailleurs, descendaient dans la rue pour manifester contre la corruption. Jusqu'à présent, Roumanie et Bulgarie se disputaient la première place au classement des pays les plus corrompus de l'Union européenne sans que les Roumains y trouvent à redire. « Où passe l'argent de nos impôts ? — Dans la poche des maffieux roumains », entendait-on à Londres et à Paris. Or voilà qu'un tribunal de Bucarest venait de condamner à la prison ferme le président de la Chambre des députés, Liviu Dragnea, par ailleurs président du Parti social-démocrate au pouvoir et ancien vice-Premier ministre.

« Adèle, ça te dirait un reportage en Roumanie ? »

En pleine conférence de rédaction, n'est-ce pas.

« Pourquoi moi ?

— Une idée, comme ça…

— C'est vrai ça, pourquoi elle ? Codreanu ça sonne plutôt british, non ? »

La voix de l'autre crétin.

« Très drôle, pauvre petit con !

— C'est bon, Julien, a coupé Markus, on ne t'a rien demandé. Adèle, ce n'est qu'une proposition. Mais à part toi, personne ici ne parle le roumain, que je sache.

— Je réfléchis et te dis – oui, oui, j'ai compris, avant midi. »

J'ai appelé Arthur.

« On m'envoie en Roumanie.

— Tu plaisantes ?

— Pas du tout. Mais je peux dire non. Markus sera furieux mais je m'en fous.

— Attends, on est le 19 juin, je peux avancer la date de mes vacances. Tu pars et je te rejoins dans trois ou quatre jours.

— Tu ferais ça ? Tu viendrais avec moi ?

— Pourquoi pas ? Dis oui, Adèle. Dis oui ! »

Dans l'avion pour Bucarest j'ai tenté de lire l'interminable fiche Wikipédia sur la Roumanie. Je savais plus ou moins tout ça : que le pays avait été l'allié poussif de la France en 1916-1918, avant de pactiser avec Hitler de 1940 à 1944, pour finalement signer avec Staline, se retrouver communiste de 1948 à 1989, assassiner de façon sordide le couple Ceauşescu, ces deux imbéciles devant lesquels nous nous étions prosternés, et, après quelques tergiversations plus ou moins avouables, forcer les portes de l'Union européenne pour y disputer le pompon du pays le plus malhonnête. Nous, Roumains, n'avons pas vraiment de motifs de fierté, et d'ailleurs, en matière de héros nationaux, mes parents, grands silencieux devant l'Histoire, comme abasourdis, dirais-je, ne m'ont jamais parlé que du général Henri Berthelot, un Français de souche, né à Feurs (Loire), l'homme qui a réorganisé l'armée roumaine en 1916 pour lui offrir l'une de ses rares victoires (contre l'Allemagne en l'occurrence), le 8 septembre 1917 à Mărăşeşti (*judeţ* de Vrancea pour le lecteur sceptique qui souhaiterait aller vérifier sur place).

Mariée depuis neuf ans à Arthur Beaulieu, pourquoi n'ai-je pas pris son nom, comme c'est l'usage ? Mon rédacteur en chef n'aurait rien su de mes origines roumaines et je ne serais pas dans cet avion. Oui, pourquoi ? Par conviction féministe, je présume. Mais pas seulement. Aurais-je supporté d'être Adèle Beaulieu ? *Seulement* Adèle Beaulieu ? Codreanu m'attache aux miens, à mon pays, à l'objet de ma colère. Car bien sûr je suis en colère, Arthur n'a pas tort. Mais quel Roumain ne le serait pas ? A-t-on envie d'être issu de ce misérable pays qui n'a pas cessé de retourner sa veste et qui a servi les trois pires tyrans du XXe siècle – Hitler, Staline et Ceauşescu ? A-t-on envie de parents tels que les miens, vieillards chétifs et ahuris trottinant comme des rats le long des murs pisseux de Paris sans jamais lever le museau, comme s'ils craignaient de se prendre un coup de bâton ? La vérité, Adèle, c'est que tu tiens à ta colère, elle fait de toi la fille que tu es – délurée, insolente, maligne. « Voyoute », dit tendrement Arthur. Je n'aimerais pas qu'il sache à quel point car malgré tout je tiens à lui.

Je suis née en 1985, à peu près deux ans après l'arrivée de mes parents en France. Comme mon grand-père paternel, Alexandru Codreanu, était un proche de Ceauşescu, mes parents n'ont eu aucun mal à obtenir leurs passeports pour séjourner quelques semaines en France durant l'été 1983. Ils étaient pharmaciens à Iaşi, la grande ville universitaire de l'est du pays, celle-là même où mon grand-père Codreanu dirigeait le Parti. Autant dire que les autorités étaient tout à fait certaines de les voir revenir. Tout à fait certaines. Or ils se sont enfuis, ils ne sont pas revenus. Je n'ai jamais pu savoir si mes grands-parents avaient été complices, ou victimes, de cette « évasion ». Arrêté, Alexandru aurait disparu en prison, il avait soixante-treize ans, tandis que sa femme, ma grand-mère, Theodora, libérée après son interrogatoire, aurait été retrouvée « suicidée » chez eux. Quant aux parents de maman, ils auraient été envoyés sur le chantier du canal Danube-mer Noire et y seraient morts d'épuisement, comme des milliers d'autres.

En 1983, lorsqu'ils débarquent à Paris, Liliana, ma mère, et Dumitriu, mon père, ont tout perdu : leurs parents, leur maison, leur pharmacie, leurs amis. De cette année-là, je n'ai qu'une photo d'eux prise à l'automne devant la fontaine Saint-Michel par un photographe de rue, René Hory (l'image est signée au dos et on aperçoit les arbres dénudés du boulevard). Mes futurs parents s'efforcent de sourire, engoncés dans des anoraks informes, mais on devine au premier regard qu'ils ne réussiront pas, qu'ils ne sont pas de taille. Ils trouvent à s'employer chez une pharmacienne de la rue Traversière, une veuve, qui les prend en pitié et leur propose le logement insalubre au-dessus de la boutique. Papa entreprend des travaux et c'est ici qu'ils me conçoivent dans un élan charnel probablement resté sans lendemain puisque je suis leur seul enfant.

C'est en entendant l'hôtesse annoncer notre prochain atterrissage à « l'aeroportul internațional din Otopeni-Henri-Coandă » que m'est revenue la phrase de maman : « À Otopeni, nous avons eu si peur ! » Et puis plus rien. Papa mutique, et elle incapable d'ajouter un mot. « Peur de quoi, maman ? Dis-moi. — *Nu, nu…* » Un doigt sur les lèvres, secouant fébrilement sa petite tête d'oiseau, comme si les murs étaient encore truffés de micros. Devinent-ils à ce moment-là que la mort de leurs parents sera le prix à payer pour leur « liberté » ? Ou ont-ils l'espoir qu'on ne les touchera pas parce que ce sont tous de bons communistes ? Quand ont-ils appris leur arrestation, puis leur « disparition » ? Le savaient-ils déjà le jour de cette photo devant la fontaine Saint-Michel ? Ils savaient, oui, bien sûr, et l'on devine pourquoi ils n'auront pas la force de vivre. Où la trouveraient-ils ?

J'ai pris un taxi pour me faire conduire à l'hôtel, place de la Révolution – 21 décembre 1989. Tiens, je n'avais que quatre ans ce jour-là, le 21 décembre 1989, mais j'ai le souvenir des larmes de mon père – « N'aie pas peur, ma petite chérie, m'avait dit maman, papa n'a pas de chagrin, s'il pleure, c'est de joie », et d'ailleurs elle aussi pleurait. Nicolae Ceauşescu venait de se faire siffler en plein discours sur cette même place, avant de tenter de fuir à bord d'un hélicoptère puis d'être rattrapé et fusillé au côté de sa femme, Elena. Le journal m'avait donc réservé une chambre à l'Athénée Palace dont j'allais bientôt découvrir qu'il était l'hôtel le plus prestigieux de Bucarest, à la fois par son luxe et par son histoire. Merci Markus.

Le lendemain de mon arrivée, une foule immense manifestait sous mes fenêtres pour conspuer une certaine Viorica Dăncilă, dont beaucoup brandissaient le portrait, vieille complice de Liviu Dragnea, qu'elle avait tout simplement remplacé aux affaires. Aussi ai-je eu le loisir d'interroger les manifestants pour exprimer dans un premier article la colère d'un peuple, et surtout de sa jeunesse, contre une classe politique cupide, vénale et d'un cynisme ahurissant.

Le soir, libre de mon temps, j'ai longé les grilles du palais royal, croisé Carol Ier sur son cheval de bronze, avant de descendre la calea Victoriei en direction de la rivière Dâmboviţa qui traverse la ville. Quand ils évoquaient Bucarest, où ils n'avaient brièvement séjourné qu'à deux reprises, mes parents se plaquaient aussitôt les mains sur les oreilles pour dire la fureur des engins qu'ils avaient observés en train d'éventrer le cœur historique de la ville pour y édifier le futur palais des Ceauşescu. Ah non, ils n'avaient pas aimé Bucarest dont le sol tremblait du matin au soir et dont le visiteur rentrait à son hôtel couvert de poussière ! Puis soudain, comme elle se rappelait la calea Victoriei, le visage de maman s'éclairait. « Oh, ma petite fille, jamais je n'avais vu tant de luxe ! C'était… C'était inimaginable… » Elle était jeune, elle arrivait de Iaşi où l'on faisait la queue devant des boutiques lépreuses, et voilà qu'ici c'était Paris, les Champs-Élysées tels qu'elle les avait découverts dans de vieux numéros de *Paris Match*. Certes, les magasins étaient quasiment vides, ou le peu qu'on y trouvait était hors de prix, mais les vitrines resplendissaient, donnant à maman le sentiment d'être entrée par effraction dans une sorte de féerie – « Tu sais, je me disais que si un monde merveilleux existait après la mort, il devait ressembler à cela ».

À présent, les grandes enseignes du luxe occupent ces mêmes boutiques et j'en ai ressenti du dépit, une sourde colère – « Pffft !… Elles sont partout, se moquent du malheur des gens ». Un jour, passant devant chez Vuitton, à Paris, j'étais entrée, forçant Arthur à me suivre. « Tu vas voir, lui avais-je dit tout bas, tu vas voir, regarde bien ». J'avais embrouillé la vendeuse et, dans la seconde où elle nous tournait le dos, volé un porte-monnaie que j'avais offert à maman. « Oh, ma chérie, tu as encore fait une folie ! — Vous ne croyez pas si bien dire », avait murmuré Arthur en écho. « Ma petite voleuse », m'appelle-t-il parfois.

Depuis la piață Unirii, j'ai enfin vu de mes yeux le palais des Ceaușescu. Il n'était pas loin de minuit, quelques voitures filaient encore ici et là, et lui se dressait tout illuminé dans le ciel nocturne, disproportionné, fier et maladroit comme un château dessiné par un petit enfant. Je riais en remontant la calea Victoriei.

Le lendemain matin, comme je cherchais le salon du petit-déjeuner entre les colonnes de marbre jaune du grand hall, je suis tombée par hasard sur cette chose étrange : un livre ouvert sous une vitrine. En m'approchant, j'ai pu lire le passage suivant qui m'a laissée intriguée et frustrée :

« C'était un samedi. Au cours de la matinée, les nouvelles s'étaient propagées, et on avait appris que le chef de la mission militaire, le général Hansen, arriverait par le train à midi, que le chef de la mission aérienne, le général Speidel, atterrirait plus tard dans l'après-midi, et que les deux généraux et leurs états-majors s'installeraient à l'Athénée Palace. Un grand drapeau orné du swastika avait été hissé juste sous ma fenêtre, et le deuxième et le troisième étage avaient été évacués en hâte pour laisser la place aux officiers, à la grande fureur des pensionnaires obligés de déménager. Quelque cinquante Messerschmitt marqués du swastika et treize bombardiers Henkel en formation étaient passés au-dessus de la ville ce matin-là, probablement en route… »

Pour lire la suite, il aurait fallu pouvoir tourner la page, or le livre était inaccessible. De qui était ce récit qui semblait placer mon hôtel au centre d'un événement non négligeable de la Seconde Guerre mondiale ?

Je suis allée interroger l'un des hommes de la réception.

« L'auteure du livre est la comtesse Waldeck, madame.

— Jamais entendu parler… Je peux vous l'emprunter ? »

Il a souri – avec un rien de suffisance.

« Malheureusement…

— D'accord, d'accord… Dites-moi plutôt comment joindre la direction de l'hôtel.

— Eh bien… »

Comme j'avais parlé beaucoup trop fort, à dessein, un autre s'est précipité.

« En quoi puis-je vous être utile, madame ?

— Je suis journaliste, française, j'aimerais interviewer la personne qui dirige l'hôtel.

— Mais certainement, voici les coordonnées du secrétariat. »

À l'issue du déjeuner avec le directeur, un Roumain jeune et affable au physique de Ken (le mari de la poupée Barbie), d'ailleurs formaté comme lui aux États-Unis puisque l'Athénée appartient désormais au groupe Hilton (ce qui m'avait échappé), l'homme est remonté dans son bureau chercher son exemplaire personnel du livre de la comtesse et me l'a prêté. « Vous verrez, m'a-t-il dit, on sort de cette lecture habité par les personnages qu'on y rencontre et alors notre bel hôtel gagne en mystère : derrière chaque porte on se demande quelles grandes figures se sont croisées et quels secrets ont été échangés. »

Avec le recul, je peux écrire ici que les mots de la comtesse Waldeck ont été les premiers à éveiller en moi une véritable curiosité pour mon pays d'origine, ne dissipant pas pour autant le dégoût qui m'en a détournée depuis l'enfance. Sans doute me suis-je identifiée à Rosie Waldeck, née Rosa Goldschmidt, devenue comtesse par son troisième mariage avec le comte Waldeck, et débarquant comme moi à Bucarest pour y couvrir les atermoiements de la Roumanie. Elle, en juin 1940, envoyée par l'hebdomadaire américain *Newsweek*, moi en juin 2018, envoyée par mon quotidien. Elle, quarante-deux ans, immensément talentueuse, et moi… neuf années de moins. Atteindrais-je un jour à la perspicacité de son regard, à sa capacité d'analyse ?

Le 13 octobre 1940, la Roumanie n'est pas encore entrée en guerre au côté de Hitler, mais elle accueille néanmoins une « mission militaire allemande » commandée par les généraux Hansen et Speidel qui s'installent à l'Athénée Palace avec leurs états-majors respectifs. La comtesse Waldeck, toujours à Bucarest, décrit donc cette arrivée :

« Je n'avais jamais senti une telle excitation dans le hall de l'Athénée Palace. L'atmosphère entre les colonnes de marbre jaune en était déjà toute frémissante ; les gens étaient assis au bord de leur fauteuil, et bavardaient d'un air absent tout en buvant leur țuică. L'affluence atteignit son comble à l'heure de l'apéritif. Tous les diplomates, les attachés militaires, les agents de renseignement, les pétroliers et les journalistes étaient venus en force. […]

« Tout à coup, un brouhaha monta de l'entrée, et les gens dans le hall s'arrêtèrent de parler et de boire. Les officiers allemands firent leur entrée, et on n'entendit plus entre les colonnes de marbre jaune que le petit cliquetis métallique qu'ils faisaient à chaque pas en se dirigeant vers le salon vert réservé pour eux. Puis, pendant quelques instants, ce fut le claquement sec des talons, tandis qu'ils faisaient le salut nazi aux divers diplomates de l'Axe, officiers roumains et fonctionnaires que l'attaché militaire allemand leur présentait. [...]

« Il devait y avoir quelque quatre-vingts officiers supérieurs allemands habillés en gris-vert, certains avec des insignes de col rouge laque, et des bandes rouge laque le long de leur pantalon. La plupart portaient la croix de fer de première classe, et d'autres décorations plus prestigieuses encore [...]. Ces aristocrates intellectuels avaient tous les âges, mais ce qui me frappa surtout, c'était le nombre d'officiers supérieurs à l'air tout jeune, les traits bien dessinés et le teint animé, ce qui contrastait d'autant plus avec les officiers roumains aux visages bouffis et mous. Alors que les soldats roumains étaient parfaits avec leur air rustique, l'officier roumain finissait toujours par donner l'impression qu'il avait trop fait l'amour la nuit précédente, et qu'il était très, très fatigué. Rien de tel avec les officiers allemands. Eux semblaient parfaitement réveillés, alertes, avec l'air agréablement martial et sain. »

Tout l'après-midi, puis une partie de la nuit j'ai lu le livre de Rosie Waldeck, de sorte que les personnages qui ont fait la gloire, ou plutôt le malheur de mon pays, sont venus à ma rencontre, portés par la comtesse.

D'abord Carol II, le fils de l'homme au cheval de bronze, tétanisé par la brutalité de Staline qui vient de s'emparer d'une partie de la Roumanie (la Bucovine du Nord et la Bessarabie – que je n'aurais pas su situer, mais qui, par chance, figurent sur une carte géographique à la fin du livre), et se demande s'il ne serait pas plus judicieux, pour récupérer ces provinces, de faire alliance avec Berlin plutôt qu'avec Londres, tout en se souvenant qu'à la fin ce sont généralement les Anglais qui l'emportent. Bien que né Hohenzollern, le roi n'a pas l'étoffe d'un héros, il préférerait ne pas avoir à choisir et continuer de passer ses après-midis au lit avec sa maîtresse, Elena Lupescu, « La » Lupescu, dit-on à Bucarest, qui ne se plaint pas du léger embonpoint de son amant et aime caresser après l'amour sa chevelure d'ange, blonde et bouclée.

Déshonoré par les conquêtes de Staline, Carol II se résout à abdiquer le 6 septembre 1940 au profit de son fils, le jeune roi Michel Ier (dix-neuf ans), laissant ainsi la direction du pays au général Ion Antonescu qui, lui, n'a aucun scrupule à pactiser avec Hitler. Petit par la taille, mais grand par l'ambition, animé d'un nationalisme colérique qui a fait de lui la bête noire du roi, Antonescu entend bien récupérer, avec l'aide de Hitler, les territoires occupés par Staline. C'est lui qui a obtenu la venue à Bucarest de la « mission militaire allemande » des généraux Hansen et Speidel, censée préparer l'armée roumaine à la guerre, exactement comme l'avait fait la « mission militaire française » du général Berthelot en 1916.

Le petit général Antonescu aux cheveux roux voit d'un bon œil l'hypothèse d'une alliance avec les fascistes roumains de la Garde de fer – les « chemises vertes » – que Carol II a vainement tenté d'éradiquer. Et voilà donc qu'entre en scène un troisième personnage, le fondateur de la Garde de fer, un certain... Corneliu Zelea Codreanu. Mon effroi en constatant que nous portons le même nom – tentée d'appeler aussitôt mon père : « Papa, ne me dis pas que ce Codreanu est notre aïeul ! Oui, le fasciste de la Garde de fer... » –, avant de découvrir que cet exalté du nationalisme roumain s'appelait en réalité Zelinschi, qu'il était d'origine polonaise et avait emprunté notre patronyme parce qu'il signifie « homme de la forêt », ce qu'était son père, bûcheron, ou garde forestier, l'histoire ne le dit pas précisément et d'ailleurs on s'en fiche.

Dès 1920, étudiant dans notre ville, Iaşi, Codreanu veut « rendre la Roumanie aux Roumains » (lui qui était polonais, n'est-ce pas) et pour cela en chasser les Juifs. En 1924, il assassine le préfet de Iaşi, un « enjuivé », dit-il, et obtient d'être acquitté sous les applaudissements d'une large partie du pays. Trois ans plus tard, il fonde la Légion de l'archange Michel, prétendant avoir reçu un message dudit archange l'adjurant de « sauver la Roumanie ».

Rebaptisée Garde de fer, et forte d'une armée de vingt mille antisémites fanatiques, l'ex-Légion de l'archange Michel devient le deuxième parti de Roumanie aux élections de 1937 avec soixante-six élus au Parlement.

C'est alors que Carol II prend peur : il dissout les partis politiques, annule les élections et instaure une « dictature royale ». Mais c'était sans compter avec le peuple roumain qui se moque bien du roi et voue un culte religieux à Codreanu. À l'occasion du retour d'Espagne de gardistes morts pour Franco, des manifestations sont organisées à travers tout le pays. « Partout où leur train s'arrêtait, raconte la comtesse, des milliers de gens se rassemblaient pour leur rendre hommage. Le clergé venait leur donner la bénédiction de l'Église orthodoxe. Les mères amenaient leurs enfants pour voir ces héros. À Bucarest, les gens se déchaînèrent et escortèrent les gardistes comme des vainqueurs le long de la calea Victoriei. Carol observait la manifestation d'une fenêtre de son palais, écoutant les hourras et les chants gardistes. »

C'en est trop pour le roi, il fait arrêter Codreanu, le fait condamner à dix années de prison pour « haute trahison » et ordonne finalement qu'on l'assassine discrètement (par strangulation) lors de son transfert entre deux prisons. Il aurait voulu en faire un martyr qu'il ne s'y serait pas pris autrement. À compter du jour de sa mort, le 30 novembre 1938, Corneliu Zelea Codreanu, apôtre d'une Roumanie « désinfectée » de ses Juifs, devient un saint aux yeux du peuple.

Le général Antonescu est bien placé pour pactiser avec la Garde de fer. Durant le procès pour « haute trahison » intenté à Codreanu, n'est-il pas venu témoigner en sa faveur ? Et il a fait bien plus encore, il l'a ostensiblement salué, lançant au tribunal cette fanfaronnade reprise par toute la presse : « Le général Antonescu accepterait-il de serrer la main à un traître ? » C'était à la fois innocenter Codreanu et désavouer le roi.

Le successeur du saint martyr à la tête de la Garde de fer répond au nom de Horia Sima. Il est le quatrième personnage de l'histoire de mon pays à surgir sous la plume de la comtesse. Grandi dans l'ombre de Codreanu, « le petit Horia Sima, écrit-elle, régnait comme s'il avait été son vicaire sur terre ». C'est bien volontiers qu'il rencontre le général Antonescu, autoproclamé *Conducătorul* (*Führer*, en roumain) et désormais installé dans le fauteuil de Carol II. Bien sûr, le général a d'abord songé gouverner avec l'armée, sa famille, mais en s'enfuyant devant les soldats de Staline sans tirer un seul coup de feu celle-ci a beaucoup perdu de son éclat ; c'est pourquoi il propose à Sima, trente-trois ans, de fonder avec lui un « État gardiste ». Les négociations s'engagent aussitôt et le 15 septembre 1940, soit neuf jours seulement après le départ du roi, le nouveau gouvernement est présenté au peuple : Antonescu en est le président et Horia Sima le vice-président.

La comtesse Waldeck assiste en personne à l'une des cérémonies marquant la naissance du nouvel État fasciste : « La place elle-même était un océan de chemises vertes et de paysans en chemise blanche, écrit-elle, avec, en arrière-plan, des tentures vertes, et les drapeaux de l'Axe, de l'Espagne et du Japon mêlés aux drapeaux roumains. Des détachements de SA et de SS en uniforme, des fascistes italiens et des phalangistes espagnols entouraient la place dont l'estrade peinte en vert était surmontée par des gravures sur bois représentant Codreanu. [...] Vêtu d'une chemise verte, Antonescu parlait du haut de l'estrade, après quoi le petit Horia Sima se levait et prenait la parole à son tour. Ensuite, ils restaient debout tous les deux, main dans la main, en se regardant longuement dans les yeux. »

Je sors éblouie du livre de Rosie Waldeck – comme on sort d'un grand roman d'aventures. J'aurais voulu lire la suite mais elle ne l'a pas écrite, repartie pour les États-Unis à la fin du mois de janvier 1941, juste après l'épouvantable pogrom perpétré par les gardistes, et tandis que la neige, qui tombait en abondance, recouvrait le sang des Juifs. Mon pays avait donc existé avant Ceaușescu et je n'en avais rien su. Si, j'avais su, vaguement su, bien sûr, pour Antonescu et les fascistes roumains aux chemises vertes, mais l'odeur de terreur et de misère qui collait à mes parents m'avait dissuadée de m'y intéresser. Était-il possible qu'on ne m'ait jamais parlé du pogrom de Bucarest ? Ou bien n'avais-je pas entendu, pas voulu entendre ? Cela, en particulier, me laissait un sentiment de gêne, presque de honte. Et maintenant je voulais savoir ce qu'étaient devenus tous ces personnages que j'avais plus ou moins ignorés – Carol II, Ion Antonescu, Horia Sima, les proches de Codreanu et notamment sa veuve, Elena Ilinoiu, le jeune roi Michel, les ambassadeurs, les généraux allemands et tant d'autres croisés dans les salons de l'Athénée Palace…

J'habitais les lieux mêmes du livre, on avait retiré du grand hall les tables basses et les fauteuils où l'on s'entretenait discrètement, à demi cachés derrière les colonnes de marbre jaune, mais le salon vert où les officiers allemands avaient été présentés à leurs homologues roumains était resté le même, ainsi que le restaurant rouge et or où tous avaient déjeuné autour d'une longue table fleurie – j'habitais les lieux mêmes du livre mais je n'avais plus personne pour me raconter la suite.

C'est ainsi que je me suis résolue à appeler mes parents.

« Maman, je suis à Bucarest.

— Vaïïïe ! Tu me fais une blague !

— Non, maman, je suis *vraiment* à Bucarest.

— Je ne te crois pas.

— Envoyée par le journal. »

Il y eut un silence.

« Vaïïïe Adèle ! Et s'ils apprennent que tu es notre fille ?

— Mais maman, la *Securitate* n'existe plus !

— Bien sûr que si ! Ils ont changé de nom mais ce sont les mêmes. Oh Seigneur Dieu, Seigneur Dieu… je te passe ton père. »

J'ai ri en l'entendant hurler : « Elle est à Bucarest ! Elle est à Bucarest ! — Mais qui ça ? a rétorqué papa. — Adèle ! Adèle est à Bucarest ! — Liliana, calme-toi, elle te fait marcher… »

« Allô, Adèle ? Qu'est-ce que…

— Je ne la fais pas marcher, papa, regarde ce que je vois de ma fenêtre. »

Et je lui ai montré, derrière moi, le palais royal.

— Vaïïïe ! Tu es vraiment à Bucarest ! Avec ton nom, ce n'est pas prudent.

— Tu savais qu'on portait le même que le type de la Garde de fer, l'assassin du préfet de Iaşi ?

— Codreanu, oui. Corneliu Zelea Codreanu.

— C'était un criminel.

— Un fasciste, oui. Mais il n'est pas de notre famille.

— Et tu savais qu'il y avait eu un pogrom à Bucarest ?

— Qui t'a raconté ça ?

— Je l'ai lu dans un livre. En janvier 1941.

— Je ne savais pas, non. Moi je n'ai jamais connu que les communistes, hein, et ton grand-père Alexandru n'est plus là, lui aurait sûrement pu te dire.

— Je me demandais ce qu'était devenu Horia Sima.

— Ce nom-là ne me dit rien.

— Le successeur de Codreanu qui a dirigé le pays avec le général Antonescu.

— Je n'ai pas connu cette époque, Adèle. Moi, je suis né en 45, et je crois qu'Antonescu était déjà mort.

— Ah bon… et tu sais comment il est mort ?

— Fusillé. Mais je ne peux pas t'en dire beaucoup plus.

— Fusillé par qui ?

— Condamné à mort et fusillé, c'est ce qu'on apprenait à l'école.

— Et Carol II ?

— Ah ça, je ne sais pas… En revanche, son fils, le roi Michel, est réapparu en Roumanie après la chute des Ceauşescu, mais les Roumains n'ont pas voulu de lui et il est reparti très vite. Pour la Suisse, je crois. J'ai lu ça ici, dans un journal français.

— Je ne savais pas.

— Tu étais petite encore, six ou sept ans dans mon souvenir. »

Puis j'ai appelé le palais Cotroceni et obtenu un rendez-vous trois jours plus tard avec le président roumain, Klaus Iohannis. Cela tombait le jour de l'arrivée d'Arthur, je ne serais pas à l'aéroport pour l'accueillir, mais il serait content pour moi – Arthur trouve bien tout ce que je fais (même quand je vole chez Vuitton) et il est toujours « content » pour moi. L'idée d'interviewer Iohannis, ou peut-être d'écrire son portrait s'il ne m'annonçait rien de remarquable, m'était venue en parlant avec les jeunes manifestants qui voyaient en lui l'homme qui allait restaurer l'image de la Roumanie. Farouche adversaire de Liviu Dragnea et de sa doublure, Viorica Dăncilă, Iohannis s'était fait élire quatre ans plus tôt président de la République sur un programme résolument tourné contre la corruption. Auparavant maire de Sibiu, en Transylvanie, il avait su en déloger les maffieux et ouvrir sa ville aux artistes du continent (Sibiu avait même été déclaré capitale européenne de la culture en 2007). Et comme je ne savais rien d'autre de lui, j'ai passé les deux journées suivantes à appeler des élus de différents partis politiques pour qu'ils me racontent des histoires à son propos.

C'est ainsi que je suis tombée sur Vasile Popovici, un homme âgé, à en juger à sa voix, ancien parlementaire mais encore professeur à la Faculté de médecine, qui s'est énervé soudain de mes questions.

« Enfin, madame, qu'attendez-vous de moi au juste ? Je connais le président Iohannis, mais je ne tiens pas la chronique mondaine de Bucarest !

— Pardonnez-moi, je viens seulement d'arriver…

— Notre pays vaut mieux que ce que vous semblez en penser.

— En vérité, je suis d'origine roumaine mais je découvre seulement la Roumanie.

— Eh bien renseignez-vous avant de me faire perdre mon temps, je regrette de vous dire que vous ne faites pas honneur à votre profession.

— Je suis... Je vous prie d'accepter mes excuses.

— Je les accepte bien volontiers. »

Il s'est tu, et j'ai fait de même, ne sachant qu'ajouter.

Je l'ai entendu allumer une cigarette.

« Je suis désolé de vous apparaître un peu rude, a-t-il repris après un moment sur un ton plus avenant, ne le prenez pas mal, n'est-ce pas. Si vous voulez que nous parlions sérieusement de la Roumanie, j'y suis prêt, mais dans d'autres conditions, et sûrement pas au téléphone entre deux rendez-vous.

— Me permettez-vous de vous inviter à dîner ?

— Eh bien, pourquoi pas ? Dînons ce soir, si vous voulez, je suis libre. »

Il m'a fixé rendez-vous au Capşa, sur la calea Victoriei, et cela a donné lieu à un nouvel incident : « Vous connaissez le Capşa, naturellement ? — Ah non, pas du tout. — Mihail Sebastian y fait allusion à plusieurs reprises dans son *Journal* et je crois même dans certains de ses romans. C'est généralement au Capşa qu'il rencontrait Eliade, Nae Ionescu, Cioran et aussi Petrescu, Camil Petrescu, hein, et non Nicolae, le ministre de triste mémoire. » À part Cioran, que je n'avais pas lu, je ne connaissais aucun des noms qu'il venait de citer. Il y eut un nouveau silence. « S'il vous plaît, ai-je bafouillé, ne m'en voulez pas de mon ignorance… » Je l'ai senti tout près de me raccrocher au nez, mais il s'est repris : « Bon, bon, vous m'expliquerez tout cela. À ce soir, madame. »

Maison fondée en 1868, l'hôtel Capşa occupe un petit immeuble d'angle au style vaguement viennois. Son restaurant, dont les fenêtres donnent sur la rue, est curieusement assombri par de lourdes tentures. Aussi m'a-t-il fallu un instant pour distinguer l'unique client attablé sous une applique murale qui nimbait sa chevelure d'un halo argenté. Il s'est levé et m'est apparu étonnamment grand sous le plafond bas.

« Vasile Popovici ; bonsoir madame, heureux de faire votre connaissance.

— Merci d'avoir accepté de me rencontrer. »

Il m'a suivie du regard tandis que je m'asseyais et m'a trouvée jolie – tu vas reprendre la main, Adèle, me suis-je dit, ne te fais pas de souci. Il avait déjà commandé du vin et m'en a servi d'autorité avant de me proposer une cigarette. J'avais oublié comme c'est agréable de pouvoir fumer au restaurant tout en buvant, et tout en se laissant silencieusement considérer par un homme.

Puis, sans lui en laisser l'initiative, j'ai pris la parole pour lui raconter la fuite de mes parents sous Ceauşescu.

« Le prix à payer a été très élevé, ils y ont l'un et l'autre perdu leurs parents dans des conditions épouvantables. Je peux vous reprendre une cigarette ?

— Naturellement. »

Tandis qu'il me tendait la flamme de son briquet nous avons échangé un regard et le sien m'a semblé bienveillant. Curieux et bienveillant.

« Je n'étais pas encore née à ce moment-là, ai-je repris en lui soufflant ma fumée au visage, mais je peux me figurer leur chagrin car je n'ai jamais vu mes parents joyeux. Ils sont déjà vieux dans mes premiers souvenirs, frileux et vieux, sursautant au moindre coup de sonnette comme si la police était derrière la porte.

— Nous avons connu cela, ici, à Bucarest. La peur…

— Et vous n'avez pas cherché à partir ? »

Il s'est tu un instant, manifestement agacé.

« Quel âge avez-vous, madame ?

— Trente-trois ans.

— Je dois avoir l'âge de votre père. Non, je n'ai pas cherché à partir… C'est donc votre première visite en Roumanie ?

— Oui, la première. Vous me reprochiez ce matin mes questions stupides, de ne rien savoir, de ne rien connaître, de vous faire perdre votre temps, mais pourquoi je m'intéresserais à ce pays qui a fait notre malheur ? Pourquoi je m'intéresserais à ces gens qui ont ruiné la vie de mes parents, assassiné mes grands-parents et nous ont tout pris ? Pourquoi ? Dites-le-moi, si vous le pouvez. »

Je sentais monter la colère, mais lui ne semblait pas en être troublé.

« À mes yeux, ai-je ajouté comme il se taisait, la Roumanie est un pays maudit d'où ne peut surgir que du malheur.

— Je vais vous répondre… Mais si vous permettez, commandons d'abord. Vous connaissez un peu la cuisine roumaine ?

— Par ma mère, oui, la mămăligă, les sarmale, la soupe au chou…

— Bon, bon… Si vous voulez bien, je vais choisir pour vous. »

Je l'ai observé tandis qu'il commandait : il avait un visage allongé aux traits fins, des cheveux blancs soyeux séparés par une raie au milieu. Précieux et impénétrable, ai-je songé.

— Pourquoi devriez-vous vous intéresser à la Roumanie ? C'est bien votre question, n'est-ce pas ? Mais madame, parce que ce pays contient votre histoire. On ne vient pas de nulle part, que vous le vouliez ou non, que vous aimiez ou non la Roumanie, vous en êtes issue. Qu'avez-vous de commun avec les Français ? Rien. Là-bas, vous n'êtes qu'une fleur coupée, une jolie fleur, vous le savez et vous en jouez, mais vous allez bientôt vous faner, comme se sont fanés vos parents, vous éteindre et commencer à mourir. Parce que vos racines sont ici. Si vous voulez grandir, demeurer belle et lumineuse, vivre tout simplement, retrouvez vos racines, apprenez d'où vous venez, acceptez votre histoire, nourrissez-vous de tout cela, et si ce que vous découvrez vous fait horreur, comme vous semblez le croire avant même d'avoir tenté quoi que ce soit, eh bien, vous ferez quelque chose de cette horreur. Quoi ? Je ne sais pas. Mais vous trouverez. »

Il a marqué un silence, attendant peut-être une réaction de ma part. Je n'étais pas blessée, pas encore, comme si ses mots tardaient à m'atteindre, seulement vexée de constater avec quelle aisance il avait repris le dessus.

« Avez-vous lu Aharon Appelfeld ? s'est-il enquis, comme je cherchais une réplique.

— Je n'ai même jamais entendu ce nom.

— Appelfeld est un écrivain juif, originaire de Czernowitz, en Bucovine.

— J'ai lu que la Bucovine avait été occupée par Staline en 1940.

— Elle appartenait à la Roumanie, qui l'a reprise aux Russes durant l'été 1941. Les Juifs de Bucovine ont alors été martyrisés, puis exterminés par notre armée, l'armée du général Antonescu. Appelfeld avait une dizaine d'années en 41, nos soldats ont tué sa mère, lui a pu prendre la fuite et il a erré dans les forêts d'Ukraine durant toute la guerre avant de pouvoir gagner la Palestine.

— Pourquoi me racontez-vous cela ?

— Pour vous dire qu'Appelfeld a construit une œuvre à partir des horreurs dont nous parlions. Tout à l'heure, vous avez semblé surprise que je n'aie pas fui la Roumanie comme l'ont fait vos parents, en dépit de la peur que je ressentais chaque jour. J'aurais pu ; comme hématologue et professeur j'étais régulièrement invité à des congrès, aux États-Unis, en Grande-Bretagne, en France, et autorisé à y aller. Jamais je n'ai voulu quitter mon pays, et aujourd'hui je m'en félicite. »

Nous mangions silencieusement. Je n'aurais pas su dire quoi, mais c'était bon.

« Malgré tout vous avez lu quelque chose à propos de la Bucovine », a-t-il soudain relevé.

Il me souriait comme si j'étais une enfant, une de ses étudiantes peut-être.

« J'ai lu le livre de la comtesse Waldeck. Je l'ai découvert dans le hall de mon hôtel et j'ai pu obtenir… qu'on me le prête.

— Ah, très bien.

— Je ne savais pas qu'il y avait eu un pogrom à Bucarest.

— En janvier 1941, oui. Des dizaines de Juifs ont été massacrés par les gardistes, et c'est cet événement qui a précipité leur rupture avec Antonescu. Dois-je vous expliquer qui étaient les gardistes ?

— Non, je sais, les petits fascistes de Horia Sima, les "chemises vertes".

— Voilà. Antonescu s'était figuré qu'il allait pouvoir gouverner avec eux, or, dès l'automne 1940, ils ont entrepris de persécuter les Juifs de Bucarest. Ils intervenaient la nuit, forçaient les portes des maisons, frappaient les hommes à coups de manche de pioche, violaient les femmes à l'occasion et volaient tout ce qui leur tombait sous la main.

— Et Antonescu n'a pas apprécié.

— Se débarrasser des Juifs est une chose, livrer Bucarest aux voyous en est une autre. Antonescu avait la prétention d'être un homme d'État, tandis que Sima était aveuglé par sa haine des Juifs. Ils ont donc commencé à se disputer, chacun escomptant secrètement obtenir le soutien de Berlin. Horia Sima avait de bonnes raisons de penser qu'il l'obtiendrait : après tout, il ne faisait que multiplier les Nuits de cristal, à l'exemple de celle organisée par les nazis deux ans plus tôt. Le général, lui, pensait que Hitler, désormais engagé sur plusieurs fronts, préférerait l'ordre à l'anarchie chez son allié roumain.

— Je me demandais justement ce qu'était devenu Horia Sima…

— Le général l'a emporté, mais pas tout de suite. Hitler les a laissés s'écharper jusqu'au pogrom des 21 et 22 janvier 1941 parce que le massacre des Juifs s'est accompagné d'un mouvement insurrectionnel des gardistes pour renverser Antonescu et prendre le pouvoir. Cette fois, le général a fait donner l'armée avec l'assentiment de Berlin. Durant quelques heures les hommes de Sima ont tenté de résister aux chars d'assaut avec de simples fusils et puis ils se sont enfuis. Qu'est devenu Sima ? Il a trouvé refuge en Allemagne, protégé par son ami Goebbels, l'homme de la Nuit de cristal. Puis il s'est enfui en Espagne à l'arrivée des Russes, l'Espagne de Franco, et il est mort là-bas, je crois.

— J'ai appelé mon père, lui non plus ne savait pas qu'il y avait eu un pogrom à Bucarest.

— Il y a eu des pogroms dans toute la Roumanie.

— C'est écœurant.

— Mais la plupart des Roumains l'ignorent... Vous permettez que je vous appelle Adèle ?

— Bien sûr.

— Sous les communistes il était interdit de parler des Juifs, de l'extermination des Juifs. Seule la mémoire des soldats soviétiques était honorée. J'ai fait mes études ici, à Bucarest, et jamais nos professeurs ne nous ont parlé de la Shoah. La présence des Juifs en Roumanie, avant la guerre, n'était même pas mentionnée dans nos livres d'histoire. Demandez à Iohannis ce qu'il sait de notre holocauste : nous n'en avons jamais parlé, mais j'y pense à l'instant, ses parents ont fui le pays après la chute de Ceauşescu pour s'installer en Allemagne ; lui a choisi de rester, en dépit de tout ce que vous savez, ou ne savez pas. Et voyez, ça lui a plutôt réussi ! »

Pour la première fois je l'ai vu rire.

« Mon fils, qui est un peu plus âgé que vous, est parti aux États-Unis, lui. Il voulait gagner de l'argent, eh bien il en gagne. Dix fois plus que moi.

— Ça n'a pas l'air de vous enchanter.

— Voulez-vous encore une goutte de vin et une cigarette ?

— Oh oui ! »

Avant de nous séparer sur le trottoir, sous un réverbère, il m'a donné son numéro de portable.

« Si vous choisissez un jour de vous réconcilier avec la Roumanie, appelez-moi, j'essaierai de vous aider. »

Puis, comme nous partions dans des directions opposées, je l'ai entendu me courir après.

« Adèle, Adèle, attendez… C'est bien demain que vous rencontrez Iohannis ? Il cherche un prétexte pour annoncer qu'il va briguer un second mandat en 2019, essayez de le lui faire dire, cela couperait l'herbe sous les pieds de Viorica Dăncilă qui compte se déclarer ces jours-ci. »

Vasile Popovici avait vu un intérêt politique à m'utiliser dans cette histoire, et moi j'ai immédiatement pressenti le scoop : nous serions les premiers à annoncer la nouvelle candidature de Klaus Iohannis, et cette information serait aussitôt reprise par la presse roumaine et internationale.

Entendant le président Iohannis me décliner ses bonnes intentions pour « la Roumanie de demain », j'ai aussitôt pensé à Lionel Jospin : pourquoi les gens honnêtes sont-ils toujours aussi rasoirs ? me suis-je demandé secrètement. Quoi qu'il dise, on riait en écoutant un Sarkozy, réplique inespérée d'Iznogoud, le petit teigneux prêt à vendre sa mère pour être « calife à la place du calife », tandis que je m'endormais en tâchant de me concentrer sur les projets du consciencieux Iohannis.

« J'ai bien noté tout ce que vous souhaitez entreprendre, l'ai-je interrompu, mais vous savez comme moi qu'il ne vous reste qu'une année…

— Ou six ! m'a-t-il rétorqué en s'illuminant faiblement.

— Je peux donc écrire que vous escomptez…

— Me représenter ? Si je ne le souhaitais pas, madame, croyez-vous que je vous aurais dévoilé mon programme ? »

Après ça, je l'ai laissé finir sans trop écouter – j'allais écrire un portrait avec toutes les anecdotes que j'avais recueillies ici et là, et déjà je réfléchissais à mon accroche.

Arthur a une façon charmante de me faire l'amour, poétique et délicate, comme si je n'étais pas une femme ordinaire mais une sylphide ailée venue d'un autre monde vers lequel je pourrais aussi bien retourner et le laisser en plan, cela pour dire combien je suis précieuse à ses yeux, combien il croit avoir de la chance de m'avoir rencontrée. Il accompagne ses caresses de mots extravagants que je préfère ne pas répéter ici car je n'aimerais pas qu'on se moque de lui ; jamais un homme ne m'avait portée si haut et il est certain qu'après ça, si je n'ai toujours pas compris combien je suis belle, sensuelle, fascinante pour tout dire, et combien il m'aime, c'est que je suis sérieusement bouchée. Je suppose que la plupart des femmes adoreraient, en redemanderaient, parce que c'est long, ça dure, ça n'en finit pas, c'est magnifique, mais moi ça m'agace. Les premiers temps j'essayais de le lui faire comprendre : « Chut, viens maintenant mon chéri, baise-moi, baise-moi fort, j'en ai très envie. » Ou aussi je l'entraînais dans les toilettes du restaurant où nous dînions : « Viens, tu vas me prendre debout, par-derrière », pour qu'il n'ait pas le loisir de me caresser en me murmurant toutes ces choses merveilleuses à l'oreille. Moi, ce que j'aime, c'est que ce soit violent et bref, comme un orage imprévu, et de préférence dans un endroit insolite où l'on prend le risque d'être découverts – un bureau, une cage d'escalier, l'arrière d'une voiture, une salle de cinéma…

Pendant qu'Arthur me faisait l'amour, ce soir-là à l'Athénée Palace, je m'étais répété mentalement le long article que j'avais envoyé au journal une heure plus tôt. « Excellent, m'avait répondu Markus. Nous titrons : “Klaus Iohannis, candidat à sa succession”. Dors bien. »

Le lendemain matin nous avons écouté les radios françaises, aucune n'a repris l'information. Même le type de la revue de presse, sur France Inter, l'a négligée. « Tout le monde se fout de la Roumanie », ai-je dit à Arthur qui n'a rien trouvé à répondre. Nous sommes sortis prendre le petit-déjeuner en terrasse, au soleil, mais sous un parasol. J'étais de mauvaise humeur.

« J'ai pensé à ce que nous allons faire, a-t-il commencé en me servant du café.

— Ah oui ?

— Dès que tu as fini, ici, à Bucarest, on part pour Iaşi.

— C'est un trou, il n'y a rien à voir, là-bas.

— J'ai appelé tes parents avant de venir, ils m'ont donné l'adresse de votre maison et celle de la pharmacie.

— …

— Et les noms et adresses de deux couples dont ils étaient proches. »

Mes parents n'avaient jamais eu un endroit en propre, ils avaient habité chez les parents de papa, stradă Dimitrie Ralet, la maison de famille des Codreanu que le vieil Alexandru avait pu conserver parce qu'il dirigeait le Parti communiste local. Maman m'avait expliqué que sinon ils auraient dû héberger trois ou quatre autres familles, à raison d'une ou deux chambres par foyer, comme c'était la règle. « Au final, vous n'étiez pas si malheureux, avais-je remarqué pour l'embêter. — Les magasins étaient vides, le pays était en faillite, nous n'avions pas d'avenir… — Vous auriez attendu quelques années, vous seriez riches et heureux aujourd'hui. — Tais-toi, tu ne sais pas de quoi tu parles. »

« Stradă Dimitrie Ralet, ai-je dit à Arthur.

— Ah, tu le savais ?

— Ça fait trente ans que je les entends répéter ce truc. Et la pharmacie, rue Vasile Conta.

— Oui, c'est ça. J'ai pris aussi l'adresse du bureau de ton grand-père, Alexandru, sur le boulevard Ştefan cel Mare. C'était sans doute le siège du Parti. »

Il avait pensé à deux hôtels où nous pourrions descendre, repéré des restaurants, un prétendu palais de la Culture, l'université, l'hôpital psychiatrique qui l'intéressait, évidemment, un ou deux monastères, et même un lac où il semblait possible de louer une barque, il parlait, parlait, nous y étions déjà, il avait l'air si content qu'à un moment je me suis levée de table pour venir l'embrasser.

« Tu es si gentil, Arthur ! Je ne te mérite pas.

— Je ne suis pas "gentil", Adèle, je t'aime. »

Après ça, nous sommes partis nous promener. C'était une journée d'été lumineuse, des touristes allaient à pied, comme nous, lorgnant les vitrines de la calea Victoriei et les voitures de luxe qui s'y croisaient. Il avait acheté un guide avant de monter dans l'avion et voulait voir le palais Cotroceni, le parc Cişmigiu, le château des Ceauşescu, bien entendu, le monastère Radu Vodă et le boulevard Unirii (quatre kilomètres de long), censé ridiculiser nos Champs-Élysées (deux kilomètres seulement), et encore quelques autres endroits dont je ne me souviens plus.

Nous avons déjeuné en milieu d'après-midi à la terrasse d'un bistrot du quartier Lipscani, la vieille ville que les Ceauşescu n'ont pas eu le temps de détruire complètement. Deux maisons sur trois étaient en cours de restauration grâce à des fonds européens (la chose était partout mentionnée). La rue était piétonne et à toutes les tables des jeunes buvaient de la bière en fumant et en riant trop fort. Soudain, je me suis sentie étouffer, sans trop savoir si c'était Arthur qui m'oppressait, Bucarest dont il me semblait avoir fait le tour, ou ces jeunes qui sont tous pareils, qu'on soit ici, à Paris, à Rome ou à Berlin.

« J'ai une idée, ai-je dit à Arthur à l'instant même où l'idée me venait, je vais expliquer à Markus que je pars pour Iaşi “prendre le pouls de la province”, il va trouver ça très intelligent, je le connais, et comme ça on peut s'en aller dès demain.

— Tu es sûre ? »

J'ai fait oui de la tête tout en sortant mon téléphone.

« Tu écris à Markus ?

— Non, je prends les billets… Il y a un vol à 9 h 20 et un autre…

— Attends, Adèle, j'avais pensé qu'on irait en train.

— En train ! Mais ici les trains datent de Carol II, mon chéri, personne ne prend plus le train, ils ne dépassent pas les quarante à l'heure.

— Quelle importance ? »

Durant un instant, je n'ai su que répondre.

« Ce serait une façon de voir l'intérieur du pays, a-t-il repris.

— Remarque, pourquoi pas ? Ça me ferait un papier… Attends, je le propose à Markus. »

Markus s'est montré enthousiasmé – « Adèle, tu es géniale ! »

« Il est d'accord, il dit que je suis géniale.

— Tu vois ! »

Les trains pour Iaşi partent de la gare du Nord, rhabillée en 1930 d'un fronton mussolinien mais négligée depuis (Carol II avait sa propre gare et son propre train un peu plus loin, à Băneasa, et Ceauşescu préférait les autos dont il était lui-même largement pourvu – une Mercedes SL, une lourde Zil soviétique blindée, une Aro 306 au toit escamotable pour saluer les foules, une Dacia 2000, une Renault Fuego, etc. –, ou les aéronefs : il possédait un Rombac de cent neuf places et un nombre indéterminé d'hélicoptères). Deux clochards nous ont repérés dans le grand hall, Arthur a voulu leur parler (Arthur a fait sa thèse de doctorat sur les maladies mentales chez les SDF). Nous leur avons payé des cafés et j'ai assuré la traduction. Ils pensaient que nous allions à Braşov, comme tous les touristes, visiter le château Peleş, résidence d'été de Carol Ier, ou le palais de Dracula, dans la même région, et quand j'ai dû leur expliquer que nous allions à Iaşi, ils sont restés sans voix. Arthur en a profité pour leur demander leurs prénoms : Eugen et Grigore, cinquante-neuf et soixante-deux ans, ils se sont connus ici, dans la gare, qui tient lieu d'hospice, l'un a travaillé autrefois sur les routes, l'autre dans un restaurant, ils se souvenaient des communistes, oui, bien sûr, pas de Gheorghiu-Dej, le premier grand dirigeant, empoisonné à Moscou, si, si, absolument (Eugen n'a pas apprécié qu'Arthur paraisse douter de sa parole), mais de Nicolae Ceauşescu, et chaque jour ils pensent à Nicolae car de son temps tout le monde avait un toit sur la tête, un travail, des médicaments gratuits, de son temps tu n'aurais pas trouvé un mendiant dans la rue pour te tirer la manche.

« C'était mieux au temps des communistes, alors ?

— Bien sûr ! »

Après ça, nous avons rejoint le quai sur lequel patientaient de grosses femmes coiffées de fichus à fleurs, flanquées d'enfants et de valises, et parfois aussi d'hommes aux visages fermés. Eux, les hommes, se tenaient cois sous la casquette ; les mains dans les poches, ils laissaient aux femmes le soin de calotter les petits. Quand le train est apparu et qu'Arthur a commencé à photographier la locomotive comme il le fait partout dans le monde, tous nous ont regardés avec méfiance, puis, comme Arthur riait, certains ont souri.

Avant de quitter le buffet du petit-déjeuner, j'avais rempli mon sac de petits pains, de différents fromages, de gâteaux et de cerises, de sorte que nous avons pu partager avec nos voisins quand la femme a étalé des torchons sur les genoux de son mari et des trois enfants et sorti le bidon de ciorbă, les sarmale, les boulettes de viande et le reste. Ils n'en revenaient pas que je parle leur langue, que nous soyons de Iaşi, eux étaient originaires de Valachie, de Chiscani précisément, un village près de Brăila, et c'est là qu'ils retournaient pour les vacances. Leurs grands-parents avaient élevé des moutons là-bas, puis quand les premières usines avaient été construites on était venu les chercher pour les reloger à Bucarest dans des immeubles neufs – ils habitaient encore aujourd'hui ces mêmes immeubles, bloc n° 8, stradă Suzana, près du complexe sportif Ghencea et de l'usine de plastique Munplast. Les leurs ne s'étaient pas plaints de devoir quitter la misère de Chiscani pour un travail à l'usine et un appartement avec l'eau courante, une cuisine et même une salle de bains. Pendant leur absence, la ferme avait été pillée, des gens avaient volé toutes les tuiles du toit, emporté les portes et les fenêtres, mais eux avaient réparé, clôturé, et aujourd'hui ils possédaient une maison à la campagne.

Leurs parents n'avaient pas été malheureux sous les communistes. Quand il fallait se priver de quelque chose pour le pays, de saucisson, de lait ou de chauffage, on se privait tous ensemble, on était tous solidaires, il n'y en avait pas un qui mangeait du saucisson pendant que l'autre crevait de faim.

« Tandis qu'aujourd'hui, si ? ai-je lancé.

— Aujourd'hui, tu trouves tout dans les magasins, mais qui peut se payer ça ? Pas nous, en tout cas. »

Elle m'a guignée un moment tout en mâchouillant son sarmale.

« Qu'est-ce qu'il fait ton mari ?

— Docteur.

— Ah, c'est bien ce que je pensais… Alors toi tu peux te payer des beaux habits, tout ce que tu veux.

— Oui, ai-je répondu.

— Remarque, tu es belle, il en a pour son argent, a-t-elle ajouté plus bas avec un petit gloussement.

— Et le tien, qu'est-ce qu'il fait ?

— Comme son père, chez Munplast.

— Pourquoi rit-elle ? m'a demandé Arthur.

— Elle trouve qu'avec moi, tu en as pour ton argent.

— Tu ne lui as pas dit que tu travaillais aussi ?

— Non, c'est mieux comme ça. »

Après quelques banalités, nous avons regagné nos places près de la fenêtre opposée. L'industrialisation à marche forcée voulue par Ceauşescu, qui a conduit à la destruction de milliers d'exploitations agricoles et de villages, a laissé des traces sur le paysage : ici, les campagnes semblent à l'abandon, au contraire de la France où chaque parcelle est cultivée. Le voyage a duré près de huit heures pour parcourir trois cent soixante-dix kilomètres, mais nous avons trouvé cela plaisant, surtout Arthur qui est descendu à chaque gare pour prendre des photos. Après un moment, je me suis mise à écrire un article sur nos voisins de wagon. Je tenais le titre : « Elena et Dan regrettent la Roumanie de Ceauşescu ».

De la gare de Iaşi, nous sommes montés à pied jusqu'à la piaţă Unirii – la place de l'Union. Comme les gens se pressaient dans l'autre sens, pour ne pas rater leur train probablement, je me suis soudain figuré mes parents sur ce même trottoir, au milieu de l'été 1983, pressant le pas, ne sachant pas s'ils reviendraient un jour, s'ils reverraient un jour les leurs. Les rues devaient être vides, on ne voyageait pas si facilement en ce temps-là, tout le monde avait peur. Et une intuition m'a fait m'arrêter sur place – maman est de 1950, hein, et donc c'est facile à calculer… c'est même très facile, en 1983 elle avait trente-trois ans. Mon âge exactement !

« Arthur, attends-moi !

— Ça ne va pas, tu es fatiguée ? Donne-moi ton sac.

— Non, écoute : papa est de 1945, donc en 1983 il avait bien trente-huit ans ?

— Trente-huit, oui. Comme moi aujourd'hui.

— Et maman trente-trois. Tu te rends compte qu'ils étaient aussi jeunes que nous, alors que je les trouvais tellement vieux !

— D'abord, en 1983, tu n'étais pas née, Adèle. La mort de tes grands-parents est survenue avant ta naissance, on peut imaginer que tes parents ont vieilli d'un coup.

— Et là-dessus je suis arrivée.

— Non, pas "là-dessus", mais parce qu'ils voulaient vivre malgré tout. D'une certaine façon ils t'ont conçue pour réparer leur vie, pour se sauver.

— Mais je ne les ai pas sauvés.

— Tu es leur raison d'exister, qu'est-ce qu'il te faut de plus ? Tu ne vois pas comme ils te regardent ? Comme ils t'aiment ? Viens maintenant, on ne va pas discuter de ça sur le trottoir. Et donne-moi ton sac. »

J'avais choisi l'hôtel Unirea, œuvre des communistes, dont le fronton portait encore l'étoile rouge, plutôt que l'auguste Traian – palace construit en 1882 pour célébrer l'union des princes de Moldavie et de Valachie – qu'aurait préféré Arthur. Les deux hôtels se regardent de biais, avec un mépris réciproque qui ne m'a pas échappé. Que serait la place Unirii sans eux ? ai-je songé. Rien. Ils l'électrisent de leur dialogue amer et muet, ils l'enflamment, insensibles au fracas des tramways qui la traversent à intervalles. De vieux tramways rouges que j'observais avec ravissement depuis notre fenêtre du douzième étage (quand le replet Traian n'en compte que trois) car, bien sûr, Arthur avait cédé à mon désir. Du coup, j'avais cédé au sien : nous avions fait l'amour. Plus tard, j'avais dû convenir avec moi-même que seul le désir de provoquer mes parents – auxquels j'avais envoyé une photo de l'Unirea – m'avait fait élire l'hôtel communiste.

« Regarde, ce n'est pas très loin, on peut y aller à pied, me dit Arthur au milieu du petit-déjeuner.

— Où ça ?

— Chez tes parents, rue Dimitrie Ralet. »

Il agrandit le plan sur son téléphone.

« On contourne l'hôtel, on traverse le boulevard de l'Indépendance – bu-le-var-dul In-de-pen-denței –, la place du même nom, et puis on prend la stradă Lascăr Catargiu, pratiquement jusqu'au bout, oui, c'est ça, et on tombe dans leur rue. »

Maintenant que nous y étions, j'étais assez excitée de voir cette maison où mes parents avaient vécu leurs premières années de mariage. Ils s'étaient rencontrés à l'Institut de médecine et de pharmacie, en

1968, papa finissait quand maman entrait en première année, de sorte qu'elle avait abandonné quand il avait obtenu une officine et n'avait pas eu son diplôme.

« Tu prendras des photos pendant que je ferai la conversation, hein ? On leur enverra.

— Si on peut entrer.

— Bien sûr qu'on pourra entrer ! »

C'était devenu un jeu entre nous, lui dans le rôle de l'homme attentiste et prudent, moi dans celui de l'éternelle belliqueuse. À deux ou trois reprises, et en particulier quand j'avais été au chômage, nous avions inversé, Arthur m'avait soutenue, il m'était même arrivé de me laisser aller à pleurer, et nous avions trouvé cela très sensuel – moi, en tout cas.

Comme nous grimpions la rue Lascăr Cartagiu (la ville semblait décidément construite sur une colline), il m'a prise par la main, pensant peut-être que j'étais émue, mais en vérité je ne l'étais pas, je ne pensais à rien, si ce n'est à éviter les trous dans le trottoir et à ne pas me prendre la tête dans les grappes de fils qui tombaient des poteaux télégraphiques.

Et soudain, nous y étions. Des grilles et une haie broussailleuse protégeaient la maison dont on voyait l'étage supérieur percé de hautes fenêtres cintrées et la lourde toiture à quatre pans trouée de minuscules lucarnes triangulaires.

J'ai sonné.

Après un moment, est apparu un homme d'une trentaine d'années. Élégant et souriant.

« Oui ?

— Nous venons de France, lui ai-je dit en lui rendant son sourire, mes parents et mes grands-parents ont habité ici jusqu'en 1983. Accepteriez-vous de nous montrer la maison ?

— Voulez-vous dire que la maison vous appartenait ?

— Elle était à ma famille, oui. Mon nom est Codreanu.

— Je… Entrez s'il vous plaît. Entrez. Je vais prévenir mon père. »

Il a refermé la grille et nous a précédés jusqu'au porche par une allée de dalles. Le jardin m'est apparu assez grand mais peu soigné – l'herbe avait déjà jauni par endroits.

Dans le vestibule, il nous a priés de patienter. Un large couloir distribuait différentes portes. De l'une d'elles a surgi le père :

« Catalin Georgescu, s'est-il présenté. Que puis-je pour vous ? »

Je me suis brièvement expliquée et il m'a écoutée avec gravité, acquiesçant parfois. C'était un homme de taille moyenne, à la chevelure grise clairsemée, au visage marqué et dont la tenue négligée – une chemise ouverte sur un pantalon léger et informe – contrastait avec la belle prestance du fils qui se tenait maintenant derrière lui.

« Eh bien… soyez les bienvenus, a-t-il observé en me tendant la main, avant de se tourner vers Arthur.

— Mon mari.

— Enchanté, monsieur. Venez, venez donc vous asseoir un moment. »

Il nous a fait entrer dans une vaste pièce, le salon certainement, dont les meubles semblaient avoir été disposés là par hasard, peut-être au gré de leur arrivée dans la maison, de sorte qu'une des trois fenêtres se trouvait à demi cachée par une armoire. Et cependant, comme nous prenions place dans des fauteuils au tissu élimé qui formaient une sorte d'îlot, tout de suite je me suis sentie bien.

« Café ? s'est-il enquis, et devant notre approbation : Café pour tout le monde, Vlad, si tu veux bien. »

Puis il a semblé chercher que dire, nous souriant et se frottant les mains.

« Vous savez, ai-je alors remarqué, parlant peut-être un peu trop fort car moi aussi j'étais embarrassée, je ne viens pas vous réclamer la maison, hein, je voulais juste la connaître, car mes parents m'en ont beaucoup parlé.

— J'ai bien compris, madame, j'ai bien compris… quoique vous pourriez… quoique vous seriez en droit…

— De réclamer la maison ?

— Écoutez, je ne sais pas… Je ne voudrais pas… Mais sachez que certaines familles l'ont fait et ont parfois obtenu satisfaction. Des familles juives généralement.

— Ah, je ne savais pas. À vrai dire, l'idée ne m'a même pas effleurée. »

Alors le fils est revenu avec le café et des coupelles de confiture pour l'accompagner (maman aussi le préparait ainsi).

« Vous, Vlad, lui ai-je demandé comme il me servait, vous avez des souvenirs de Ceauşescu ?

— Aucun, je suis né en 1990.

— Vlad est un enfant de la révolution, a repris son père avec un sourire qui l'a brièvement illuminé. Sa mère et moi étions parmi les meneurs, ici, à Iaşi. C'est comme cela que je me suis retrouvé député…

— Vous êtes député ?

— Non, non, je ne le suis plus. Je l'ai été sous Iliescu et j'ai vite compris que ce n'était pas pour moi. Je suis historien, professeur à l'université. Mais cette maison a été mise à ma disposition lorsque j'ai été élu au Parlement. Puis, comme j'enseigne et que mes travaux sont reconnus, la mairie me l'a laissée… moyennant un loyer, naturellement.

— Alors vous êtes arrivé ici… quelques années seulement après la disparition de mes grands-parents.

— Oui… Je dirais sept ou huit ans, quand même. Entre-temps, plusieurs familles ont été logées chez vous, à la demande du Parti, comme cela se faisait, n'est-ce pas. Quand nous avons emménagé avec ma femme et Vlad, deux familles se partageaient encore la maison. On ne les a pas mises à la porte, bien entendu, elles sont parties quand elles ont pu, et d'ailleurs nous sommes restés proches de l'une et de l'autre. »

Il a cherché mon regard.

« À l'instant, madame, vous avez employé le mot "disparition" pour vos grands-parents…

— Ils ont été arrêtés et ma grand-mère a été retrouvée morte, ici, dans cette maison.

— Ah… je me demandais ce que vous saviez exactement.

— Et mon grand-père a dû mourir en prison. Enfin, c'est ce que pensent mes parents…

— Oui, absolument, vos grands-parents n'ont donc pas "disparu", comme beaucoup d'autres personnes sous Ceauşescu, c'est ce que je souhaitais…

— Mais vous savez ce qui leur est arrivé ? Vous les avez connus ?

— Ici, à Iaşi, tout le monde connaissait votre grand-père, madame, et j'allais même dire tout le monde *craignait* votre grand-père, Alexandru Codreanu. Du moins les personnes de ma génération. C'est pourquoi j'étais curieux de vous rencontrer quand mon fils m'a annoncé votre visite.

— Tout le monde *craignait* mon grand-père ! Mais pourquoi ?

— Parce qu'il dirigeait le Parti, madame. Parce qu'il pouvait faire arrêter qui lui déplaisait. N'importe qui, sous n'importe quel prétexte, du jour au lendemain. Il n'avait de comptes à rendre qu'à Ceauşescu. Même les agents de la *Securitate* tremblaient devant lui. C'est pourquoi les gens... n'ont pas été mécontents quand on a pu le prendre en faute.

— Non, je ne vous crois pas...

— C'est pourtant la vérité, je suis désolé de devoir vous le dire.

— Et quelle faute a-t-il commise ?

— Comment ça, quelle faute ? Il a fait délivrer des passeports à vos parents qui ne sont jamais revenus !

— Et c'est une faute, ça, d'essayer de sortir les siens d'une... dictature ?

— Quand un membre d'une famille s'enfuyait, madame, toute la famille était condamnée à la prison pour plusieurs années, c'était la règle. Que la famille soit ou non complice de la fuite.

— Et donc on l'a mis en prison.

— Oui, mais ça ne s'est pas arrêté là. Il faut que vous imaginiez que c'était le personnage le plus puissant de Iaşi, n'est-ce pas. Ceauşescu l'a lâché, un grand procès a été organisé et les gens de la *Securitate* ont pu se venger. Ils ont exhumé des choses qui avaient été cachées, que la police était seule à connaître.

— Quoi ? Qu'est-ce qu'ils ont *exhumé* ?

— Que votre grand-père avait servi dans l'armée sous Antonescu.

— Mais tous les Roumains l'ont fait, non ? Il n'allait pas déserter ! Et ce n'est pas lui qui avait choisi de s'allier à Hitler.

— Non, vous vous trompez, madame, tous les Roumains n'ont pas fait la guerre avec l'Allemagne contre l'Armée rouge. Les militants communistes étaient soit en prison, soit réfugiés à Moscou. Ce fut le cas de nos futurs dirigeants : Gheorghiu-Dej était en prison pendant la guerre, tout comme Ceauşescu qui a d'ailleurs fait sa connaissance dans un camp d'internement. Quant à Ana Pauker, qui a failli voler la vedette à Gheorghiu-Dej et prendre la tête de la Roumanie communiste, elle a passé toute la guerre en Russie et est entrée à Bucarest assise sur un char soviétique en septembre 1944. Non, tous les Roumains n'ont pas servi la cause de l'Allemagne nazie, mais votre grand-père, si. Et quand tout cela a été révélé au fil du procès, le scandale a été énorme. Comment un dirigeant communiste de premier plan, proche de Ceauşescu, avait-il pu se battre contre la patrie du communisme dans les rangs d'une armée fasciste ? Vous imaginez un peu ?

— Je ne savais même pas que mon grand-père avait fait la guerre.

— Je suppose qu'une fois entré au Parti, il l'a bien caché, y compris à ses proches.

— Oui, je pense que mon père l'ignore…

— Et il n'était pas simple soldat, n'est-ce pas… Si je retrouve les articles sur le procès, je vous en dirai plus.

— Ce que je ne comprends pas, c'est comment il a pu passer de l'armée d'Antonescu au Parti communiste.

— Oh ça… Beaucoup l'ont fait dans les années de flottement, entre 1945 et 1948, mais tous ne sont pas montés aussi haut dans la hiérarchie du Parti, et tous n'ont pas vu leurs enfants s'enfuir à l'Ouest.

— Vous disiez que vous avez conservé des articles sur le procès ?

— Oui, je peux essayer de remettre la main dessus…

— Ce serait formidable !

— Comme vous voyez, c'est un peu le remue-ménage ici. Ma femme est morte il y a quelques mois, Vlad va se marier et je lui ai donc libéré l'étage au-dessus.

— Ah, je comprends…

— Je vais vendre tous ces meubles et faire un peu le vide.

— Ne le prenez pas mal, hein, je n'ai aucunement l'intention de revendiquer la propriété de cette maison, mais tout à l'heure vous nous racontiez que des gens le font, qu'ils reviennent après des années et parviennent à obtenir…

— Qu'on leur restitue leur bien, oui. Plusieurs cas se sont présentés ces dernières années, mais à ma connaissance ça n'a concerné que des familles juives.

— Et pourquoi pas les autres ?

— Les Juifs ont été autorisés à quitter le pays parce que le régime communiste voulait se débarrasser d'eux. En échange, ils devaient abandonner leur maison…

— Je ne savais pas que les communistes avaient, eux aussi, persécuté les Juifs. Je n'ai jamais entendu mes parents le dire.

— Ils n'ont pas été persécutés, pas plus que nous, en tout cas, et même ils ont bénéficié du privilège de pouvoir partir, contrairement à nous. Simplement, s'ils choisissaient de s'en aller, ils devaient céder tous leurs biens à l'État. C'était une règle inique, indigne, comme beaucoup de règles communistes, et c'est pour réparer cela que la Roumanie autorise aujourd'hui les Juifs à demander la restitution de leur maison. »

Il s'est tu un instant.

« En revanche, a-t-il repris soudain, comme soucieux d'effacer un malentendu, les Juifs ont bien été persécutés sous le régime d'Antonescu.

— J'ai lu des choses terribles sur le pogrom de Bucarest.

— En janvier 1941, oui. Mais vous savez, il y a eu des pogroms dans toute la Roumanie, seulement les Roumains l'ignorent. »

Les mots de Vasile Popovici, les mêmes exactement ! Dans mon souvenir, je n'avais pas relevé ce soir-là et nous étions passés à autre chose. Comment était-ce possible ? Un instant, je l'ai revu au Capşa, élégant, à la fois attentif et distant. Il m'avait tendu une perche, c'était évident, et je ne l'avais pas saisie. Il avait dû se dire que j'étais décidément stupide, irrécupérable – « Je regrette de vous dire que vous ne faites pas honneur à votre profession ». Je devais le rappeler, je devais le rappeler absolument...

« Quelque chose vous soucie, madame ?

— Oui, pardonnez-moi... Non, je pensais... pourquoi dites-vous qu'il y a eu des pogroms dans toute la Roumanie ?

— Parce que c'est la vérité. Ici même, à Iaşi, les gens se sont livrés à des massacres insoutenables, mais qui s'en souvient ? Qui le sait ?

— Il y a eu un pogrom, ici, à Iaşi ?

— Plus de treize mille Juifs assassinés en quelques jours, à la fin du mois de juin 1941. Moi non plus je ne le savais pas. Je l'ai découvert par hasard en tombant sur la correspondance d'un officier roumain. J'étais en fin de doctorat, ça devait être en 1984, quelque chose comme ça. Une dame âgée m'avait invité à prendre ce qui m'intéressait dans sa bibliothèque et je trouve une chemise cartonnée entre deux livres. Je l'ouvre et je lis. Un homme y raconte son effarement devant ce déchaînement de violence, des colonnes de Juifs escortés jusqu'à la préfecture et massacrés à la mitrailleuse, d'autres assassinés par leurs voisins à coups de barre de fer, d'autres entassés dans des wagons à bestiaux et morts asphyxiés... Il dit que les rues étaient jonchées de cadavres que les citadins devaient enjamber. Il écrit tout cela à sa femme qui était peut-être cette dame chez qui je me trouvais. Les Juifs étaient un sujet sensible sous les communistes, j'ai tout de suite compris que je n'aurais jamais mon doctorat si je faisais état de ce que je venais de lire – et j'ai remis la chemise à sa place. Ce n'est que bien plus tard, après la révolution, que j'ai eu confirmation de ce pogrom, et d'autres, grâce aux archives juives américaines.

— Dans les années 1980, quand vous avez découvert cette lettre, des témoins étaient encore vivants, ils auraient pu parler, il n'était pas trop tard.

— Sans doute, mais je peux vous assurer qu'aujourd'hui plus personne ne sait, ou du moins ne veut savoir. Il y a une dizaine d'années, on m'a demandé de présenter *Shoah*, le film de Claude Lanzmann, dans un cinéma de la ville. Au cours du débat qui a suivi j'ai été amené à évoquer le pogrom, et très vite une dame m'a interrompu : "Monsieur, je vous défends d'insulter nos parents, ce ne sont pas des assassins." Les gens l'ont applaudie et j'ai compris qu'il était inutile de poursuivre.

— Et vous n'avez pas cherché à interroger des Juifs ?

— Des Juifs ! Mais il n'y a plus aucun Juif à Iaşi ! Les derniers sont partis après la révolution. Songez que dans les années 1920, cette ville était peuplée pour moitié d'Israélites – c'est incroyable, non ? Sur cent mille habitants, la moitié étaient des Juifs. Si vous allez vous promener du côté de Târgu Cucului, par là-bas, vous verrez leurs maisons, maintenant la plupart sont occupées par des familles tsiganes, et vous verrez aussi l'unique synagogue encore debout, enfin… ce qu'il en reste. Elle est en cours de restauration, toutes les autres ont été détruites. »

Il s'est arrêté de parler. J'étais dans cet état de confusion et d'excitation qui me saisit quand trop d'informations me parviennent en même temps, et j'allais lui demander où se trouvait donc Târgu Cucului, quand il a ajouté :

« Si vous voulez vous rendre compte par vous-même de ce que représentait la communauté juive à Iaşi, allez donc faire un tour au cimetière, il vous en dira plus que moi. »

Nous nous sommes quittés peu après sur la promesse de se revoir s'il retrouvait les articles de journaux à propos du procès de mon grand-père.

Nous déjeunions dans le jardin d'un restaurant, sous un acacia, et je finissais de raconter à Arthur tout ce que m'avait confié Catalin Georgescu quand je l'ai vu pianoter sur son téléphone.

« Tiens, regarde ! »

Des corps allongés en travers des rues, sur les trottoirs, dans les caniveaux, un homme en train de frapper une femme agenouillée et à moitié nue qui tente de se protéger la tête avec ses bras, des parents et leur petite fille couchés dans une mare de sang devant le rideau baissé d'une boutique, une colonne d'hommes marchant les bras en l'air, des gens à plat ventre sur le parvis d'un bâtiment… celui de la gare de Iaşi dont je reconnais les hautes fenêtres en forme d'ogive.

« Non ! Mais comment…

— Il m'a suffi de taper "pogrom de Iaşi", tu vois, toutes les preuves sont là. »

Durant un moment encore j'ai fait défiler les photos. Et puis mon regard s'est brouillé, je pleurais, non pas de chagrin mais de colère, ou de honte, je ne sais pas. De n'avoir pas su, d'être issue de parents qui me l'ont caché, qui ne m'ont rien dit, d'être issue de ce pays misérable, épouvantable.

« Je vais les appeler, ai-je dit en quittant la table.

— Mais qui, Adèle ? Qui veux-tu appeler ?

— Mes parents, je vais les appeler. »

Pour une fois, c'est mon père qui a décroché.

« Papa, je veux que tu me dises la vérité…

— Mais tu pleures, Adèle ?

— Je veux que tu me dises si tu savais pour les Juifs.

— Quoi, ma chérie ? Qu'est-ce que je devrais savoir ?

— Que les habitants de Iaşi ont tué des milliers de Juifs.

— Nous n'avons jamais tué de Juifs, voyons. Jamais ! Qui t'a raconté ces bêtises ?

— J'ai vu les photos, papa. Et tu vas aller les voir aussi, je vais te dire comment faire. Les corps dans les rues, même les enfants… Tu ne peux pas dire que ce n'est pas arrivé !

— Mais quand ?

— En 1941. En juin 1941.

— Je n'étais pas né, Adèle, et je n'imagine pas mes malheureux parents en train de tuer des Juifs.

— On ne vous a pas appris, à l'école, qu'il y avait eu des pogroms en Roumanie ?

— À l'école, on ne nous a jamais parlé des Juifs. À l'école, nous avons seulement appris que l'Armée rouge nous avait libérés du nazisme.

— Tes parents et ceux de maman étaient bien à Iaşi en 1941 ?

— Je ne peux pas te dire. Les fascistes roumains allaient s'engager dans la guerre au côté de l'Allemagne nazie, des milliers d'hommes ont dû être mobilisés à ce moment-là, et je sais que ceux qui étaient communistes ont été jetés en prison ou ont pris le maquis.

— Mais les femmes ne sont pas parties à la guerre. Ta mère et celle de maman n'ont pas pu ignorer ce qui se passait dans la ville – plus de treize mille Juifs assassinés en quelques jours, papa, comment veux-tu qu'elles n'aient rien vu, rien entendu ?

— En tout cas, je peux t'assurer qu'elles ne nous ont jamais parlé d'un pogrom à Iaşi. Si j'avais su quelque chose, je te l'aurais dit, Adèle. L'autre jour, c'est toi qui m'as appris qu'un pogrom avait été perpétré à Bucarest en janvier 1941, tu penses bien que si j'avais su pour Iaşi, je t'en aurais parlé à ce moment-là.

— Je suis trop mal… je crois que je vais rentrer.

— Ah bon… tu es sûre ? a-t-il repris après un silence. Ça ne te ressemble pas d'abandonner. »

C'était si rare qu'il me contredise – comme si, pour la première fois peut-être, je le décevais.

« Enfin, je ne sais pas, les photos sont tellement dures à regarder… Il y a autre chose, aussi, que je voulais te demander : tu savais que ton père avait fait la guerre ?

— Mon père était communiste, et les communistes ont évidemment refusé de faire cette guerre.

— Oui, mais lui l'a faite. C'est apparu durant son procès.

— De quel procès me parles-tu ? Mon père est mort en prison par ma faute, point final.

— Il est mort en prison, oui, mais il y a eu un procès, et là, il est apparu qu'il avait fait la guerre, qu'il n'était pas communiste en ce temps-là.

— Adèle, qui sont les gens qui t'informent ? Tu me donnes soudain l'impression d'être manipulée comme au temps où la *Securitate* nous lavait le cerveau pour nous faire dire n'importe quoi.

— Non, ne t'inquiète pas, je ne suis pas dans les mains de la police de Ceauşescu. C'est peut-être faux, en effet, je vais vérifier et je te dirai. Mais pour toi, ton père n'a pas fait la guerre, alors ?

— Bien sûr que non ! Il était dans la clandestinité, et c'est pourquoi il n'évoquait jamais ces années. Je sais qu'il a perdu beaucoup de ses camarades et qu'il a souffert du froid et de la faim. Maman me racontait que pendant des mois elle l'a cru mort, et il est reparu durant l'été 1944 quand la Roumanie a changé de camp pour s'allier avec Staline et contribuer à écraser l'Allemagne nazie. »

J'ai rejoint Arthur, partagé un dessert avec lui – entendre mon père m'a un peu réconfortée. Puis nous sommes partis en direction de Păcurari et du cimetière juif. C'était assez loin, peut-être cinq ou six kilomètres, mais nous avions l'un et l'autre envie de marcher.

Tandis que le cimetière orthodoxe s'étend au pied de la colline, le *cimitir israelit* occupe le faîte. Pour l'atteindre il faut emprunter un chemin de terre aride et pentu, chauffé par le soleil en cette saison, et nous avons regretté d'être partis sans eau. Là-haut, une cinquantaine de chiens, surgissant du mur d'enceinte en partie effondré, bondissent en hurlant sur le visiteur. Les chiens sont un fléau en Roumanie, Arthur l'avait découvert dans son guide – on raconte qu'abandonnés à eux-mêmes quand Ceauşescu a vidé les campagnes au profit des usines, ils se sont multipliés, sont retournés à l'état sauvage et fondent aujourd'hui sur les villes pour trouver de quoi se nourrir. Le guide recommande au voyageur d'investir dans des appareils à ultrasons, ou des bombes au poivre, s'il ne veut pas finir à l'hôpital, mais malheureusement Arthur était déjà dans l'avion quand il avait lu ce conseil. Nous n'avons dû notre salut qu'à l'apparition d'une très vieille dame, qui vivait elle aussi parmi les tombes, nommée gardienne un demi-siècle plus tôt, devait-elle me raconter lors d'une autre visite, et laissée là depuis. Elle a sifflé les chiens et nous a demandé si nous étions juifs.

« Oui, ai-je menti.

— D'habitude, les Juifs montent jusqu'ici en autocar, ils arrivent directement de Tel-Aviv.

— Et il en vient souvent ?

— Non, pas souvent. Mais je suis prévenue par l'agence. Jamais vu des pèlerins comme vous qui montent à pied. Les chiens auraient pu vous mettre en pièces.

— Nous venons de France.

— Quel nom ?

— Goldstein, ai-je dit au hasard.

— Il y en a beaucoup des Goldstein, allez donc voir par là-bas.

— On s'appelle Goldstein, ai-je prévenu Arthur quand elle s'est éloignée, sinon j'ai eu peur qu'elle ne nous laisse pas entrer. »

Nous avons erré un moment parmi les centaines de stèles, toutes de guingois, comme si la terre avait violemment tremblé. Et c'est seulement en revenant sur nos pas que nous sommes tombés sur les immenses dalles de béton frappées de l'étoile juive. Les restes de 13 226 personnes – enfants, femmes et hommes – massacrées entre le 28 juin et le 6 juillet 1941, censés reposer ici, mais la liste des noms est incomplète : certains corps n'ont pas pu être identifiés et on sait aujourd'hui que d'autres victimes – celles des trains qui s'arrêtaient ici ou là pour jeter les morts des wagons – ont été enterrées sur place anonymement par des villageois de l'endroit.

Mon père ne m'avait donc pas menti – on pouvait être né à Iaşi, avoir grandi à Iaşi, et ignorer que des Juifs y ont été massacrés par milliers. À moins de monter au cimetière juif – mais pourquoi un communiste monterait-il au cimetière juif ? Les jeunes communistes savaient-ils seulement qu'il existait un cimetière juif ? Pourquoi les vieux, comme mes grands-parents, le leur auraient-ils dit, eux qui savaient, eux qui avaient même peut-être participé à la tuerie, pris entre le risque d'être accusés d'assassinat par leurs enfants et de déviationnisme par le Parti ? Je devais me rappeler que sous les communistes l'extermination des Juifs avait été effacée, tant des mémoires que des manuels scolaires, et que les seuls morts que l'on était autorisé à honorer étaient ceux de l'Armée rouge, car ils s'étaient sacrifiés pour nous « libérer » (avant de nous enfermer).

Je pensais à tout cela tandis que nous retournions vers la ville, marchant l'un derrière l'autre sur le trottoir étroit, fatigués et silencieux. Ce soir-là, nous avons dîné à l'hôtel, puis Arthur est monté se coucher et, aussitôt seule, j'ai éprouvé le désir de revoir les photos. Pourquoi ? Aujourd'hui, je saurais le dire après avoir accompli l'énorme travail qui justifie ce livre, mais sur le moment il m'a semblé que je ne cherchais par là qu'à entretenir mon dégoût pour ce peuple roumain dont je suis issue, et plus confusément pour moi-même.

C'est en grossissant l'image de la colonne d'hommes marchant les bras en l'air que m'est soudain venue l'idée de retrouver les lieux pour tenter de voir si je ne découvrirais pas sur place des indices. Les communistes ont beaucoup détruit pour construire leurs sinistres immeubles, mais de nombreuses rues n'ont pas été touchées. En m'aidant des toitures, des façades, des pignons, des perspectives, je devais pouvoir identifier les endroits mêmes où des Juifs avaient été assassinés, et sonner aux portes pour demander aux gens si par hasard le souvenir de telle ou telle scène d'horreur ne leur aurait pas été transmis. Je leur montrerais les photos : « Regardez, la femme est allongée sous vos fenêtres, il n'y a pas d'erreur, on reconnaît la frise de votre balcon » ; ou bien : « L'homme dans le caniveau est juste devant chez vous, le numéro est le même sur la photo et au-dessus de votre porte. »

J'ai fini le vin – Arthur ne boit jamais qu'un verre mais il tient à me faire plaisir en commandant des bouteilles hors de prix que je termine seule invariablement – et levant le nez de mon téléphone hélé le maître d'hôtel.

« Un alcool fort, vous auriez ? Genre whisky, gin, vodka…

— Je peux vous proposer une eau-de-vie que nous produisons ici, madame, *țuică*, excellente.

— Je suis roumaine, je sais ce que c'est que la *țuică*.

— Oui, pardonnez-moi, je vous ai entendue parler hier avec la personne de la réception, et je me demandais…

— Parce que mon roumain est différent du vôtre ?

— Certaines expressions seulement, madame, qui ne s'emploient plus trop.

— Ah, je comprends. »

Costume noir, cravate noire, élancé, vingt-cinq ans peut-être, il se tenait quasiment au garde-à-vous.

« Une double *țuică*, alors. Et des cigarettes. Vous auriez des Craven A ?

— Malheureusement, madame, nous n'avons plus le droit de fumer dans la salle du restaurant : ce sont les règles européennes, nous ne les appliquons que depuis quelques jours.

— Dommage ! »

Quand il m'a apporté mon verre, j'étais absorbée dans les détails d'une photo représentant des dizaines de corps couchés et entremêlés dans la cour d'un bâtiment dont on distinguait les fenêtres alignées sous le débord d'une toiture.

« Dites, ça vous dit quelque chose, cet endroit ? »

Je lui ai tendu mon téléphone.

« Qu'est-ce que c'est ?

— Des Juifs enfermés dans une cour. La plupart ont des pansements de fortune autour de la tête parce qu'ils ont été frappés, beaucoup semblent déjà morts, mais je n'en suis pas certaine car la photo est de très mauvaise qualité.

— Mon Dieu !

— Asseyez-vous, si vous voulez.

— Où est-ce ?

— Ici, à Iaşi. Asseyez-vous, s'il vous plaît, sinon c'est moi qui vais me lever. »

Sans cesser de scruter la photo, il a tiré une chaise et s'est attablé à ma gauche.

« Ici, à Iaşi, a-t-il repris, mais quand ?

— Au début de la guerre, en juin 1941. Vous êtes jeune, mais vos grands-parents…

— Je ne suis pas de Iaşi, madame, mais de Chişinău.

— Ah, vous êtes moldave.

— Et roumain depuis quelques mois. Pour nous, les Moldaves, ce n'est pas difficile d'obtenir la nationalité roumaine. Et, ici, le travail est mieux payé. »

J'ai acquiescé, souri, mais lui ne m'a pas rendu mon sourire, il semblait embarrassé. Pourtant j'étais la dernière cliente, le restaurant s'était vidé et deux femmes apprêtaient déjà les tables pour le petit-déjeuner du lendemain.

Il s'était replongé dans la photo, m'offrant son profil. Nous étions tout près, je pouvais l'entendre respirer. Il était beau, je l'ai trouvé soudain désirable, et sa confusion a ajouté à l'excitation qui me gagnait.

« Ça y est, je sais, a-t-il dit, je peux vous montrer si vous voulez.

— Quoi, qu'est-ce que vous savez ?

— Où se trouve cette cour.

— Vous voulez bien m'y emmener ?

— Naturellement. Ce n'est pas loin. »

Nous nous sommes levés, et comme je m'apprêtais à sortir, il m'a retenue par le poignet, avant de s'excuser aussitôt.

« Non, pardonnez-moi, nous allons plutôt prendre l'ascenseur.

— Comment ça ?

— Vous allez comprendre. »

Dans la cabine, je lui ai de nouveau souri, un instant il a soutenu mon regard puis il s'est détourné.

J'ai découvert qu'il existait, au treizième étage, un restaurant panoramique – désert à cette heure avancée de la soirée. Je l'ai suivi entre les tables jusqu'aux baies vitrées sur notre gauche.

« Approchez-vous », m'a-t-il dit.

À ce moment-là nos épaules se sont touchées.

« Vous voyez le long toit ?

— À cette altitude, je ne vois plus que des toits.

— Le long toit, à gauche du réverbère ?

— Ah oui, ça y est.

— C'est l'ancienne préfecture. La cour, sur la droite, est celle où vous m'avez montré les Juifs.

— Comment l'avez-vous reconnue ?

— Je passe tous les jours par là pour rentrer chez moi, rue Vasile Alecsandri. C'est le seul bâtiment à avoir autant de fenêtres… Et aussi, grâce aux pavés de la cour.

— Comment ça ?

— On les distingue sur la photo. Montrez-la-moi encore s'il vous plaît. »

Nous l'avons examinée ensemble.

« Vous voyez les pavés ? Ils sont restés comme à l'époque, on ne les a pas recouverts de bitume… »

Il m'a rendu mon téléphone et a marqué un silence, tout en cherchant mon attention.

« J'ai une surprise pour vous, si vous voulez bien m'attendre une minute. »

J'ai entendu une porte claquer, puis une autre, et il est revenu presque aussitôt.

« Vous me suivez ? »

Nous avons emprunté un couloir, poussé deux ou trois portes, grimpé une volée de marches pour déboucher soudain sur le toit-terrasse de l'hôtel Unirea.

« Oh, mais c'est magnifique ! »

Toute la ville se tenait à nos pieds, piquetée de lumières minuscules, et sur le ciel nocturne on aurait pu compter les sombres collines qui dressaient une sorte d'écrin, ou plutôt de rempart, censé protéger la cité contre les barbares, qu'ils soient tatars, ottomans, allemands ou russes (j'allais bientôt découvrir que lorsque les Allemands occupèrent Bucarest, en 1916, c'est à Iaşi, proclamée capitale provisoire, comme le fut Vichy en 1940, que se réfugièrent le roi et le gouvernement).

Nous sommes allés nous accouder au garde-corps, le vent s'engouffrait sous nos vêtements légers, c'était un peu vertigineux, rien n'avait été dit mais nous savions. Enfin, moi, je savais.

« J'ai aussi cela pour vous, m'a-t-il soufflé à l'oreille.

— Quoi ? »

Alors il a sorti de sa poche un paquet de cigarettes.

« Ici, vous pouvez fumer.

— Embrassez-moi. »

Un instant il n'a pas semblé comprendre. Nous nous tenions toujours accoudés, mais j'avais tourné la tête pour lui offrir mon visage.

« Embrassez-moi », ai-je répété, en riant cette fois.

Il a posé ses lèvres sur les miennes, mais à peine, comme s'il risquait de s'y brûler.

« Je ne savais pas si je vous plaisais, ai-je dit.

— Quand je vous ai vue arriver à l'hôtel avec votre mari, le premier soir, je vous ai prise pour Medeea Marinescu.

— Je ne sais pas qui c'est.

— Une comédienne roumaine. Le même front, le même nez parfait, la même bouche... »

Et disant cela, il a effleuré d'un doigt léger l'arête de mon nez pour s'arrêter sur mes lèvres.

« Mais vous êtes plus brune qu'elle et vous n'avez pas le même regard... Dans le vôtre il y a un reflet violet.

— Lapis-lazuli, dit mon mari.

— Qu'est-ce que c'est ?

— Une pierre précieuse.

— Ah, je ne savais pas... Lapis-lazuli, quel drôle de nom... Depuis ce premier soir où je vous ai vue, je vous attendais.

— Comment ça, vous m'attendiez ?

— J'espérais vous croiser, vous trouver seule à un moment...

— Vous auriez osé m'aborder ?

— Oui.

— Et qu'est-ce que vous m'auriez dit ?

— Je ne sais pas...

— Si, vous savez, dites-moi ce que vous m'auriez dit.

— Je vous aurais invitée à prendre un verre. Je voulais seulement... pouvoir vous regarder.

— Rien de plus ?

— Non. Bien sûr que non.

— Et c'est arrivé ce soir.

— Oui, quand j'ai vu votre mari se lever et s'en aller…

— Moi, je ne vous attendais pas, mais vous m'avez plu tout de suite. Je peux ? »

Je lui ai pris le paquet de cigarettes.

« Fumez avec moi, vous voulez bien ? »

Ça a été délicieux ce moment, cette attente. Maintenant nous étions certains de ce qui allait advenir et nous nous dévisagions. Lui était ému, il tremblait, je le voyais quand il portait la cigarette à ses lèvres, tandis que moi je souriais.

« Venez », ai-je dit à la fin, et je l'ai pris par la main.

Nous nous sommes engagés dans l'étroit couloir qui conduisait au restaurant ; j'ai poussé la première porte, trouvé le commutateur, allumé, et aussitôt refermé derrière nous. C'était une lingerie. Je l'ai fait asseoir sur l'unique tabouret, me suis agenouillée et j'ai ouvert son pantalon – tous les sexes d'homme ne sont pas jolis en érection, mais le sien l'était, à la fois très droit, dur et soyeux. J'ai été tentée de le prendre dans ma bouche, Arthur n'aime pas, il veut pouvoir m'embrasser et surtout me regarder quand nous faisons l'amour – « Je t'aime, tu es si belle » –, il trouve que dans la bouche c'est vulgaire, un truc de pute, même s'il ne le dirait pas de cette façon.

J'avais bien compris que lui aussi, seulement me regarder, n'est-ce pas, ce devait être le même genre d'homme qu'Arthur, un contemplatif, alors je me suis relevée, j'ai retiré ma robe, puis mon soutien-gorge, puis ma culotte, et plantée nue sur mes talons hauts, les mains sur les hanches, je lui ai souri.

« Vous vouliez… me regarder. Alors profitez-en, regardez-moi, c'est gratuit.

— Adèle !

— Comment savez-vous mon nom ?

— Je suis allé regarder, dans le registre, la photocopie de votre passeport. »

J'ai éclaté de rire, puis très vite, sans cesser de rire, suis venue sur lui. Son sexe est entré profondément en moi, et comme je commençais d'aller et venir, ou plutôt de monter et de descendre, me tenant à ses épaules, il a fermé les yeux.

« Non, continue de me regarder. Et dis-moi comment tu t'appelles.

— Lucian.

— Regarde-moi, Lucian, profite de ce moment parce qu'il ne se reproduira peut-être pas.

— …

— Oh, c'est bon, là, tu sens comme c'est bon ? ai-je dit plus sourdement car je sentais monter le plaisir. Tu sens ? Mais retiens-toi, retiens-toi encore, ne jouis pas tout de suite surtout. »

Puis j'ai senti son sexe gonfler et quand il a éjaculé j'ai joui si violemment que j'ai dû me retenir à son cou pour ne pas tomber.

L'instant d'après je me suis relevée, rhabillée, et l'ai laissé là. Soudain j'avais hâte de rejoindre Arthur.

Nous étions dans la cour de l'ancienne préfecture, ouverte à qui voulait, mais seulement nous deux, Arthur et moi. Nous nous étions assis par terre, adossés au mur opposé à celui contre lequel les Juifs s'étaient entassés. C'était bien le même mur, il n'y avait aucun doute, on reconnaissait les fenêtres au-dessus.

Et soudain Arthur s'est mis à lire un texte sur son téléphone :

« À la porte de la préfecture, un cordon formé de soldats roumains, mais aussi de civils, tous munis d'armes à feu ou de barres de fer, commença par nous dépouiller de tous les objets de valeur que nous pouvions avoir sur nous (montres, alliances, stylos, etc.), puis les coups se mirent à pleuvoir, visant la tête ou assénés au hasard avec une indescriptible sauvagerie. Beaucoup de gens furent tués alors, mais une partie parvint à pénétrer dans la cour de la préfecture. Là, le spectacle était terrifiant. Des tas de gens ensanglantés gisaient par terre avec des blessures épouvantables : des yeux sortis de leurs orbites, des corps transpercés par les baïonnettes, des bras ou des jambes cassés, des cadavres empilés les uns sur les autres, des cris et des gémissements terribles. »

« Où as-tu trouvé ça ?

— C'est l'un des témoignages rassemblés par l'Institut Elie Wiesel. Celui-ci est signé Israël Schleier, ingénieur à Iaşi. »

Des gens passaient sans arrêt sur le trottoir de la rue Vasile Alecsandri, des femmes traînant un caddie, des écoliers, des hommes pressés, le téléphone à l'oreille, et on voyait bien que cette cour n'éveillait aucune curiosité.

C'est alors que Lucian est apparu.

« Bonjour ! J'allais prendre mon service et je vous ai aperçus.

— Ah, Lucian, ai-je dit en me relevant, je vous présente mon mari, Arthur… Mon chéri, c'est Lucian, dont je t'ai parlé ce matin, tu sais, le maître d'hôtel de l'Unirea qui m'a fait découvrir cet endroit. »

Ils se sont aimablement salués, Arthur en anglais – « *Nice to meet you* ».

« C'est bien que je vous rencontre, a rapidement enchaîné Lucian, ne s'adressant qu'à moi, je pensais vous laisser un mot à la réception : ce matin, j'ai parlé à ma logeuse, c'est une très vieille dame, peut-être soixante-dix ans, et elle m'a dit que sa mère lui avait raconté des choses sur ce qui s'était passé ici, à la préfecture.

— Ah bon ?

— Oui. Elle vous dira, elle veut bien que vous l'appeliez – voici son numéro. Je dois partir, je suis en retard, à ce soir peut-être si vous dînez à l'hôtel. »

J'ai appelé cette dame aussitôt. Elle n'avait pas la voix d'une personne aussi âgée que cela.

« Ah, s'est-elle exclamée, vous êtes à l'ancienne préfecture ? Eh bien si vous voulez bien m'attendre je vous y rejoins dans un quart d'heure, j'allais sortir. »

Il devait être midi, nous nous étions réadossés au même mur car il ménageait encore un espace ombragé.

« Adèle, c'est bizarre ce qui se passe ici, non ? a observé Arthur en cherchant ma main. On a fait ce voyage pour découvrir le pays d'où tu viens, voir les lieux de ta famille, et finalement on s'intéresse plus à ce qui est arrivé aux Juifs qu'à tes parents.

— Ce qui est arrivé aux Juifs raconte quelque chose du pays *d'où je viens*, comme tu dis. Quelque chose que nous ne savions pas, que je ne savais pas, en tout cas. Quelque chose qui est… horrifiant.

— Oui, ne te mets pas en colère, je suis également choqué – qui ne le serait pas ? Mais je voudrais aussi qu'on prenne le temps de voir les amis de tes parents, de reconstituer la vie qu'ils ont menée ici, avant qu'ils décident de venir en France. Leur histoire est aussi la tienne.

— Je me fiche de leur histoire, Arthur, je te l'ai déjà dit, je me fiche de reconstituer la vie de mes parents. Tu veux que je te la résume, leur vie ? Ils auront passé leur temps à se planquer, ils ont peur de tout. Voilà, tout est dit. Ils auraient pu choisir de résister, mais ils ont préféré s'enfuir, et quand le régime s'est effondré ils n'ont même pas eu le courage, ou la simple curiosité, de revenir. À ce moment-là, ils auraient peut-être pu faire quelque chose pour la Roumanie, tout était à inventer, c'était enfin intéressant, j'aurais découvert mon pays à l'âge de cinq ou six ans, en pleine révolution, mais non, c'était encore trop dangereux, trop risqué, ils ont préféré rester dans leur trou à rat de la rue Traversière. Merde ! Je me fiche de la vie de mes parents. »

Il n'a pas relevé, j'ai allumé une cigarette.

« Je les aime, ai-je ajouté plus bas, les poumons remplis de fumée, je les aime, mais ce sont de pauvres gens, des personnes sans aucun intérêt. »

Alors une dame minuscule aux cheveux argentés, tenant un cabas vide, est entrée dans la cour et a agité un bras en nous apercevant.

« C'est donc vous la jolie Française ! s'est-elle écriée. Lucian m'a beaucoup parlé de vous, mais passons, passons, vous avez déjà un mari, je vois ça. Bonjour monsieur, moi c'est Irina Petrescu… »

Nous n'allions pas rester plantés en plein soleil ; j'ai proposé de l'emmener prendre un verre sur une terrasse de l'élégante rue Lăpuşneanu, piétonne et dédiée aux bouquinistes, et voilà qu'en chemin elle s'est tout naturellement accrochée à mon bras, comme si nous étions mère et fille.

Nous avons commandé des fruits pressés.

« Et maintenant racontez-nous, Irina, lui ai-je dit en prenant sa main dans la mienne – je ne la connaissais pas mais je l'ai aimée tout de suite.

— Quand j'étais petite, a-t-elle commencé, il m'était défendu de passer rue Vasile Alecsandri – les autres enfants empruntaient ce chemin pour aller à l'école, moi je devais faire un détour. "Mais pourquoi, maman ? — Arrête avec tes pourquoi ! Obéis, c'est tout ce qu'on te demande." Le "on" c'était elle, ma mère, papa se taisait, chez nous c'était maman qui commandait. Quand je suis devenue plus grande, l'année de mes quatorze ans dans mon souvenir, elle m'a demandé si je me sentais capable de garder un secret. "Bien sûr, maman !" Nous marchions sur le boulevard de l'Indépendance, elle s'est arrêtée : "Regarde-moi dans les yeux, Irina : garder un secret, c'est préférer mourir plutôt que de le trahir. Tu m'entends ? Tu comprends ? — Je comprends, maman. — Très bien, alors je vais t'emmener rue Vasile Alecsandri." Cette rue interdite, pour la première fois… mon cœur s'est mis à cogner. Arrivées devant la cour de la préfecture, nous avons brièvement marqué le pas. "Regarde bien cet endroit, Irina." Il n'y avait rien à voir de particulier, mais je me suis efforcée d'ouvrir les yeux. De retour à la maison, elle m'a raconté qu'à l'âge de dix-sept ans, passant là par hasard, elle avait assisté à une scène d'épouvante : des hommes qui en frappaient d'autres à coups de barre de fer, de crosse de fusil… "Mais pourquoi ? Qu'est-ce qu'ils ont fait ? avait-elle demandé à un homme qui se tenait en retrait sur le trottoir. — Ce sont des Juifs, avait-il dit. Vous ne devriez pas rester là, mademoiselle." Elle était repassée le lendemain. La cour, qu'elle avait aperçue remplie de corps ensanglantés, était vide. Enfin, presque vide. On avait amené là d'autres Juifs, une dizaine peut-être, auxquels on avait ordonné de nettoyer les pavés qui étaient couverts de sang. Pendant un petit moment maman avait regardé ces malheureux, agenouillés, frotter un pavé après l'autre avec leurs mouchoirs qu'ils trempaient dans des seaux d'eau. La guerre était déjà commencée, les journaux parlaient de nos victoires contre les Russes, ils ne disaient rien de ce que ma mère avait vu. On aurait pu croire que ça n'avait pas existé, qu'elle avait inventé ces... ces atrocités. Puis, brusquement, en 1948, l'année de ma naissance, voilà que s'est ouvert le procès des "bourreaux de Iaşi". Et donc, maman n'avait pas rêvé, des Juifs avaient bien été massacrés dans notre ville. Oui, mais la police n'avait retrouvé qu'une vingtaine d'assassins – pour des milliers de morts, puisqu'on parlait maintenant de "milliers" de morts, c'était peu. La police n'avait pas dû beaucoup chercher, d'autant qu'une partie des assassins se trouvait dans ses rangs. Ces hommes ont été condamnés à des peines de prison, puis les communistes ont pris le pouvoir l'année suivante, en 1949, et à partir de ce moment-là il est devenu interdit de mentionner le sacrifice des Juifs, prononcer seulement le mot de "juif" pouvait vous attirer de gros ennuis. D'où la leçon de ma mère sur le respect du secret. »

Elle s'est interrompue.

« Je ne l'ai jamais trahie, maman n'a pas eu d'ennuis, elle n'est pas allée en prison par ma faute. Mais le lendemain de notre conversation, ou le surlendemain peut-être, je lui ai demandé pourquoi elle m'avait défendu d'emprunter la rue de la préfecture pendant toutes ces années. "Maintenant que tu sais, tu peux y passer, m'a-t-elle dit, je sais que tu auras chaque fois une pensée respectueuse pour les Juifs, sinon je t'aurais laissée piétiner leur sang avec insouciance, comme le font les autres enfants, et peut-être qu'un jour leur Dieu t'aurait punie." »

Irina a proposé que nous allions déjeuner chez elle, j'ai traduit l'invitation pour Arthur, tout en riant, parce que, bien sûr, je l'avais déjà acceptée, je n'avais pas envie qu'on se quitte si vite, de sorte qu'il a dit : « Oui, avec plaisir », sans pouvoir cacher tout à fait sa déception de ne pas déjeuner quelque part en tête à tête avec moi. Nous sommes passés au magasin *Mega Image* prendre des choses toutes prêtes, Arthur et moi avons insisté pour offrir le vin et le dessert, et nous avons marché ensemble jusque chez elle, Arthur portant les provisions et moi donnant le bras à Irina. Elle habitait l'une des barres construites par les communistes sur le boulevard de l'Indépendance – l'appartement qu'avaient reçu ses parents en 1956 (elle avait alors huit ans) et qu'elle avait pu acheter après la révolution. Deux petites chambres à coucher (dont l'une était louée à Lucian), une salle de bains, une cuisine et un « séjour » dont la double porte vitrée donnait sur un balcon.

« Regarde, ai-je soufflé à Arthur, c'est tout à fait comme chez mes parents – le canapé orange et marron, le napperon sur la table basse, les photos encadrées et les fleurs en plastique sur le buffet…

— Celles-ci sont des vraies, ma chérie.

— Ah, pardon ! »

Nous avons préparé le repas ensemble et mangé dans la cuisine où nous n'aurions pas tenu à plus de trois.

J'étais contente d'être ici, alors que rue Traversière j'aurais été de mauvaise humeur. Ici, le décor était à l'unisson de l'état du pays, de son lent réveil, tandis que là-bas, à Paris, il était mortifère. Au milieu du repas, repensant soudain à la photo des parents sur le buffet, je me suis levée pour aller la chercher.

J'ai noté la stupeur d'Arthur à mon retour, comme je brandissais le cadre – la même expression d'incrédulité que lorsque je volais sous son nez dans les magasins.

« Irina, racontez-nous leur histoire maintenant. »

Elle s'est emparée de la photo, m'a saisi le poignet et embrassée sur la joue. Le Parti leur avait permis d'acquérir une formation sur le tard : sa mère en chimie, son père en mécanique. La première avait donc trouvé du travail chez Antibiotice Iaşi, la plus grosse fabrique de médicaments du pays où Irina elle-même avait fait toute sa carrière comme ingénieure, tandis que le second avait travaillé au centre de maintenance des tramways.

Puis j'ai voulu voir d'autres photos ; nous avons débarrassé la table et elle a apporté un petit album – tout ce qu'elle possédait : ses premiers pas dans le parc de Copou, puis en uniforme de pionnière, le père recevant une médaille dans sa tenue d'ouvrier, la mère posant avec une collègue devant le bâtiment neuf d'Antibiotice Iaşi, une photo de classe, une autre d'elle-même sur les marches de l'université Alexandru Ioan Cuza, une pile de livres sur les bras.

« Tu ne t'es jamais mariée, Irina ?

— Ah non.

— Parce que tu n'as pas rencontré…

— Parce que je n'ai pas voulu. Mais c'est une chose dont je ne parle pas. Secret ! »

Un instant elle m'a serré le poignet.

« Et toi, alors, dis-moi. Lucian prétend que tu t'appelles Beaulieu, mais ce n'est pas un nom roumain, ça !

— Si je te dis mon nom, tu vas peut-être me détester… Codreanu.

— Comme le fasciste de la Garde de fer ?

— Comme Alexandru Codreanu, qui dirigeait le Parti. Je suis sa petite-fille.

— Vaïïïe ! s'est-elle exclamée. Mais tu sais qu'il est venu ici, ton grand-père ? Il siégeait déjà au Comité dans les années 1950. Quand mes parents ont eu leur diplôme, ils ont reçu cet appartement, en même temps que des dizaines d'autres jeunes couples, le Parti avait organisé une fête pour l'occasion, j'étais petite mais je m'en souviens, tous les dirigeants étaient présents, les journalistes, la télévision… Malheureusement, on n'avait pas l'idée de garder le journal en ce temps-là, sinon j'aurais pu te montrer.

— Alors tu te souviens aussi de son procès, non ?

— Bien sûr ! À ce moment-là je travaillais déjà chez Antibiotice. Ils ont dit qu'il avait servi dans l'armée fasciste pendant la guerre, mais c'était *notre* armée, tous les hommes y ont servi ! Mon père y a servi ! Il a eu la chance d'être blessé à Kharkov, sans ça il serait mort à Stalingrad, comme tous les autres, et je ne serais pas là en train de te parler.

— Papa dit que c'est faux, que son père n'a jamais été dans l'armée, qu'il était déjà communiste pendant la guerre et qu'il s'est battu dans la clandestinité contre le régime d'Antonescu.

— Ah ça… c'est tout à fait possible. Quand la *Securitate* voulait se débarrasser de toi, elle t'inventait une biographie – que tu finissais par signer après avoir perdu toutes tes dents.

— Pourquoi "perdu toutes tes dents" ?

— Parce qu'ils te frappaient ! Tu ne sais pas qu'ici, sous les communistes, on torturait dans les sous-sols de la police ? Si tu restes un peu à Iaşi, je te montrerai leur immeuble sur le boulevard

Carol Ier, les gens détournent le regard quand ils passent devant, personne n'a voulu le reprendre, cet immeuble, il est resté vide. »

En sortant de chez Irina, nous nous sommes engagés dans un dédale de petites rues pour fuir la circulation du boulevard, sans trop savoir où nous allions. C'était la fin d'après-midi, nous nous donnions la main, Arthur semblait heureux d'être enfin dehors – « Adèle, regarde comme la lumière est belle à cette heure de la journée ! » –, mais je me moquais de la lumière, je ne me sentais pas bien, et comme nous passions devant une librairie j'ai voulu y entrer. Qu'est-ce que je cherchais ? Je ne le savais pas. J'ai regardé les livres sur les tables – des écrivains roumains que je ne connaissais pas –, puis j'ai demandé à une libraire ce qu'elle avait sur la Roumanie communiste. Elle a réfléchi un instant avant d'aller prendre dans un rayon une biographie de Nicolae Ceauşescu. Je l'ai feuilletée distraitement puis l'ai remise à sa place. Alors le nom d'Aharon Appelfeld m'est revenu et, avec lui, le souvenir de Vasile Popovici au restaurant du Capşa, à Bucarest. « Et d'Aharon Appelfeld, me suis-je enquise auprès de la même libraire, vous auriez quelque chose ? » Elle m'a fait répéter ce patronyme étrange, si peu roumain, mais non, elle ne connaissait pas cet auteur.

« Cet homme a écrit sur le communisme en Roumanie ? m'a demandé Arthur.

— Qui ça ?

— Cet Appelfeld dont tu cherches les livres.

— Ah pardon… Oui, non, je ne sais pas, c'est un écrivain juif de Czernowitz. »

Il m'a regardée bizarrement, et à ce moment-là seulement j'ai pris conscience de la confusion dans laquelle je me débattais. Découvrant au même moment de ma vie ce qu'avait été l'existence des Roumains sous le communisme (dont je n'avais rien voulu savoir de la part de mes parents) et le massacre des Juifs par ces mêmes Roumains, je confondais les époques, passais de l'une à l'autre comme si elles étaient liées. J'ai cherché à comprendre pourquoi mon cerveau établissait ce lien et je suis parvenue à me le formuler : des Juifs avaient été tués sous le régime fasciste du général Antonescu (combien ? je n'en savais rien) et ils l'avaient été une deuxième fois sous le régime communiste par l'interdiction de se souvenir d'eux, par l'effacement de leurs noms des mémoires et des livres d'histoire. Ce que révélaient ces deux comportements, c'était que les Roumains avaient, pour le moins, un problème avec les Juifs, qu'ils soient dirigés par une dictature de droite ou par une dictature de gauche. Mais pourquoi ? Je n'en avais aucune idée.

Mon ignorance m'a soudain semblé insupportable, insultante à mon propre égard, et je crois que c'est à ce moment précis, dans cette librairie, qu'a dû naître en moi le projet de ce livre. Inexprimable à cet instant, bien sûr, puisque je n'en étais encore qu'à osciller entre un sentiment de colère contre ma cécité et de découragement face à l'immensité de ce que je devais maintenant apprendre. Inexprimable à cet instant, mais une graine minuscule venait de se déposer en moi, issue de la honte et de la culpabilité, une graine dont les pousses n'allaient plus cesser de me tourmenter.

Nous avons dîné dans un restaurant italien du nouveau quartier branché de Iaşi, en contrebas du palais de la Culture. Arthur n'en espérait pas tant, heureux de me lire la carte en anglais, de choisir le vin, d'avoir enfin tout le loisir de me contempler. « Je suis si prévisible et toi si inattendue, m'a-t-il dit un jour, je me demande bien pourquoi tu m'as choisi. — Parce que j'aime que tu sois prévisible, mon chéri, ça me repose. » Arthur et moi nous sommes rencontrés dans une brasserie de la place Denfert-Rochereau. Je n'avais pas vu qu'il déjeunait à la table voisine de celle où je m'étais disputée pendant tout le repas avec un crétin prétentieux, Arnaud P., un attaché parlementaire avec lequel je venais de passer la nuit. « C'est dingue comme tu t'écoutes parler, comme tu fais le malin, avais-je commencé, avec ta petite bite et ta grosse bagnole tu crois que le monde t'appartient déjà, hein ? Mais moi je ne t'appartiens pas, figure-toi, jamais je n'appartiendrai à personne et surtout pas à un mec dans ton genre.

— Mais comment ? Mais pourquoi ? — Tu veux que je te dise ? Tu es tout ce que je déteste dans la vie, un petit coq présomptueux et dominateur. C'est ça, tire-toi, va mourir pauvre tache. »

J'avais commandé un autre verre de vin et seulement à ce moment-là remarqué la présence d'Arthur.

« Pardon pour le dérangement. Ils veulent tellement se faire de thunes qu'ils mettent les tables à touche-touche, c'est ridicule…

— Ne vous inquiétez pas, ça ne m'a pas coupé l'appétit.

— Vous travaillez dans le quartier ?

— À Sainte-Anne.

— Chez les barjos ?

— Chez les malades mentaux, oui. »

Il a écrit la scène de notre rencontre dans son journal (que je ne suis pas censée lire), et à la fin cette phrase : « Ce qui a retenu mon attention, chez Adèle, c'est le contraste saisissant entre son élégance, sa grande beauté, et la vulgarité de ses façons, de son langage en particulier. »

Le lendemain, je suis revenue dans la même brasserie, espérant l'y revoir… et il y était.

Chez Arthur, il n'existe aucun « contraste » entre ce qu'il donne à voir et ce qu'il exprime verbalement – au contraire de moi, Arthur est à la fois beau et bien élevé, sans colère, loyal, et globalement satisfait de vivre. Prévisible, donc, absolument prévisible. C'est cette cohésion, et pour moi l'assurance de n'être jamais surprise ni bousculée, qui a dû séduire la femme que je suis. La femme fêlée que je suis. Tandis que mes fêlures l'auraient séduit ?

En tout cas, elles n'ont pas charmé ses parents, ni ses deux sœurs aînées, qui m'ont observée comme si j'étais une pute l'unique fois où je les ai rencontrés, ce qui nous a épargné les déjeuners dominicaux et m'a dispensée de leur présenter les pharmaciens de la rue Traversière. « Arthur, ça te rend malheureux que ta famille ne m'aime pas ? — Cela n'entame en rien le plaisir que j'ai à vivre avec toi. » Et c'est vrai puisqu'il l'écrit dans son journal. Il rencontre les siens quand je suis en reportage, s'amuse du fait que ses sœurs me surnomment « la Roumaine », ou « la Gitane », et à un moment il explique : « Je les aime, mais elles ne se rendent pas compte comme elles sont rasoirs comparées à Adèle. Jamais je n'aurais pu vivre avec une femme "de notre milieu", comme elles disent. »

Le lendemain, nous avons loué une barque et passé la journée sur le lac avec un pique-nique. Un taxi nous y a conduits. C'était une idée d'Arthur qui a profité de notre passage à la librairie pour acheter un plan de Iaşi. Il a cessé de m'embêter avec « l'histoire de mes parents qui est aussi la mienne » et semblé vouloir qu'on se mette en vacances de tout ça. Markus était du même avis, il ne voulait plus d'articles sur la Roumanie et nous nous sommes donné rendez-vous en août.

Pendant trois ou quatre jours nous avons vaguement fait du tourisme, visité le monastère Golia, le musée des Arts, le parc de Copou et le jardin botanique Anastasie Fătu, mais nous avons surtout fréquenté les terrasses des cafés et les bons restaurants. J'étais amoureuse d'Arthur, comme chaque fois que je me sens perdue (un jour, je l'ai entendu parler au téléphone d'une de ses patientes, « elle est dissociée » a-t-il dit, et j'ai retenu ce mot parce qu'il dit mieux que tous les autres le désarroi qui me gagne parfois – moi aussi, je suis par moments *dissociée*). Dans ce cas, il n'y a plus de sexe entre nous, il sait, n'en exprime plus le désir et me garde dans ses bras. « Ne me laisse pas toute seule, Arthur, ne t'endors pas, s'il te plaît. — Non, ne t'inquiète pas, je suis là. » J'aurais voulu pouvoir m'abandonner mais j'étais saisie d'angoisse à l'idée de tout le travail qui m'attendait : pourquoi est-ce que je traînais dans ce pays qui ne pouvait rien m'apprendre sur lui-même quand sa mémoire était ailleurs, en France en particulier ?

Et puis un après-midi, comme nous nous promenions le long de la rivière Bahlui qui traverse Iaşi, mon téléphone a sonné. « Adèle ? Vous êtes bien Adèle Codreanu ? — C'est moi, oui. — J'ai appris par Irina que vous étiez en ville, ma femme et moi sommes des amis de vos parents. — Par Irina ?

— Irina Petrescu, oui. Il se trouve que c'est une ancienne collègue de ma femme. — Et vous avez connu mes parents ? — Nous étions très proches, notre nom est Sârbu, Monica et Mihail. Vous ne voulez pas passer nous voir ? Ce serait… — Si, bien sûr. Donnez-moi votre adresse. — Demain, en fin de journée ? — Très bien. À demain, alors. »

Les Sârbu étaient l'un des deux couples dont mes parents avaient donné le nom à Arthur. Nous avions abandonné l'enquête et l'enquête venait de nous rattraper.

Ils habitaient une cité à Nicolina, dans le bas de la ville. Nous y sommes descendus à pied. Les yeux de Monica se sont emplis de larmes en me découvrant, et tous les deux nous ont embrassés.

« On ne se connaît pas, a-t-elle dit un moment plus tard en nous considérant l'un et l'autre, debout au milieu de leur petit salon, mais je suis émue comme si je retrouvais mes propres enfants. Asseyez-vous, je vous en prie, nous allons trinquer à cet événement. Aimez-vous le champagne ? Un collègue français de Mihail nous en a offert au Noël dernier et nous attendions une grande occasion pour le boire. »

Ils étaient tous les deux médecins, retraités désormais. Monica avait fait de la recherche tandis que Mihail avait exercé au grand hôpital universitaire Saint-Spiridon.

« Nous aimons beaucoup tes parents, m'a dit Mihail, à peine servi le champagne, mais je dois t'avouer que nous nous sommes quittés en froid, ce qui explique sans doute pourquoi ils ont attendu plus de vingt ans avant de répondre à nos courriers.

— À plusieurs reprises, ces dernières années, a précisé Monica, nous les avons invités à venir passer quelques jours à Iaşi, mais ils ont toujours refusé.

— En froid ? ai-je relevé.

— Oui, parce que nous n'étions pas d'accord avec la façon de faire de ton père. Je pense qu'il a dû te raconter combien ses relations avec le vieil Alexandru étaient difficiles…

— Ah non, pas du tout. Papa ne parle pratiquement jamais de ses parents.

— Les rapports étaient tendus entre le fils et le père. Notre génération n'attendait plus rien du régime, on se moquait des Ceauşescu et, si on avait pu, on aurait tous quitté le pays. Seulement c'était interdit, et de toute façon nous n'avions pas de passeport. Ton père a prétendu vouloir partir en vacances avec ta mère, en France, n'est-ce pas. S'il n'avait pas été le fils d'Alexandru, secrétaire général du Parti, membre du Comité central, jamais il n'aurait obtenu leurs deux passeports.

— Vous voulez dire qu'Alexandru pensait que mes parents reviendraient ?

— Bien entendu ! Ton père s'était engagé à revenir, il lui a menti. Et quand il nous a mis dans la confidence nous nous sommes accrochés assez sérieusement. C'était déloyal, c'était impossible.

— Nous lui avons dit qu'Alexandru risquait d'avoir de gros ennuis par sa faute, a repris Monica, mais il ne nous a pas crus – "Papa est intouchable, c'est lui qui décide de tout ici, qui pourrait lui faire des ennuis ? Il dira que j'ai trahi sa confiance et l'affaire s'arrêtera là".

— Tu connais la suite : Ceauşescu a lâché ton grand-père, il y a eu un procès et Alexandru est mort en prison dans des circonstances que l'on connaîtra peut-être un jour. Ta grand-mère a également été victime de leur fuite. On a prétendu qu'elle s'était suicidée. Peut-être. Je ne sais pas.

— Par la faute de mon père ?

— Par sa faute, oui. À vrai dire, je ne pensais pas te l'apprendre.

— Papa m'a toujours dit que ses parents étaient morts par sa faute, mais je m'étais imaginé qu'ils avaient été complices de leur fuite.

— Je peux comprendre qu'il t'ait caché cet aspect qui n'est pas... très plaisant. En même temps, je crois qu'il pensait sincèrement que ses parents s'en tireraient. »

Monica a apporté des petits sandwichs et Mihail a ouvert une bouteille de vin. Pendant ce temps-là j'ai traduit notre conversation pour Arthur.

« Je découvre la Roumanie, ai-je dit. Arthur voulait que nous y allions, mais moi je ne voulais pas.

— Et pourquoi donc ? s'est étonnée Monica avec un demi-sourire.

— Parce que je pensais que le pays ressemblait à mes parents – gris et misérable. La Roumanie n'est ni grise ni misérable, je la trouve même joyeuse et accueillante, mais on dirait qu'elle flotte, qu'elle n'a pas de passé, pas d'histoire, qu'elle s'est réfugiée dans l'amnésie, un peu comme mes parents, finalement.

— Comment ça ? Je ne comprends pas…

— Pourquoi est-il si compliqué d'évoquer ce qui s'est passé ici avant l'arrivée des communistes ? On a reproché à mon grand-père d'avoir servi dans l'armée sous Antonescu, par exemple, mais tout le monde n'a-t-il pas servi dans l'armée sous Antonescu, à part une poignée de communistes ?

— Si, bien sûr, a rétorqué Mihail, mais les Roumains préfèrent se souvenir qu'à compter de septembre 1944 ils ont retourné leur veste, ou plutôt leurs fusils, pour se battre aux côtés des Russes contre Hitler. On a oublié les morts de Stalingrad pour glorifier ceux de la Libération.

— On a oublié aussi que nous avons persécuté les Juifs.

— Ça, c'est une chose dont l'Europe nous accuse, Adèle, s'est agacée Monica, mais ça ne repose sur rien.

— Il y a tout de même eu un pogrom, ici, à Iaşi. Plus de treize mille Juifs assassinés en quelques jours.

— Oh, mais c'est ridicule, voyons ! s'est-elle récriée. D'où sors-tu ce chiffre ? Et pourquoi pas cinquante mille tant que tu y es !

— C'est le chiffre donné par l'Institut Elie Wiesel.

— Très exagéré, laisse-moi te le dire, a renchéri Mihail. Très exagéré.

— Iaşi était peuplé pour moitié de Juifs avant la guerre, et aujourd'hui il n'y en plus.

— Et alors, qu'est-ce que ça prouve ? a bondi Monica. Ils sont tous partis en Israël, voilà la vérité, et ils ont bien fait, ils se sont épargné les décennies communistes.

— Non, ils ne sont pas tous partis en Israël. Si vous allez au cimetière, ai-je encore dit, mais d'une voix dont je ne maîtrisais pas le tremblement, vous verrez leur tombe commune.

— Tu te laisses intoxiquer, ma chérie, a-t-elle repris plus doucement, voyant sans doute que le sang avait quitté mon visage. Tu te laisses intoxiquer. Il y a eu des morts, oui, comme dans toutes les guerres, mais nous ne sommes pas des assassins. »

Alors Arthur, qui avait deviné qu'il se passait quelque chose d'insolite, est entré dans la conversation en anglais.

« C'est vrai, parlons plutôt anglais », a dit Mihail.

Les Sârbu lui ont expliqué l'objet de notre discussion, Monica ne cachant pas son indignation.

« Mais là-dessus il n'y a pas de débat, a tranché calmement Arthur, la liste des victimes a été établie, les morts ont été comptés, les autorités roumaines ont d'ailleurs reconnu ce chiffre de treize mille après la guerre. Si vous le souhaitez, je peux vous montrer des photos prises dans la cour de la préfecture, dans les rues et devant les wagons à bestiaux lorsqu'on a ouvert les portes et déchargé les corps. »

Après ça, ils ont essayé de revenir à l'intimité de nos premiers échanges, mais nous étions devenus des menteurs à leurs yeux et ils étaient désormais des tricheurs aux nôtres. Ils ont encore feint de s'intéresser à nous, Arthur a bien voulu leur raconter ce que nous avions vu à Iaşi, le monastère et je ne sais quoi d'autre, puis, sentant que j'avais hâte de m'en aller, il s'est levé et au moment de nous séparer sur le palier on aurait dit que nous nous haïssions.

« Les salauds », ai-je dit tout bas dans la cage d'escalier.

Le lendemain, Arthur a insisté pour que nous louions une voiture et quittions Iaşi. C'est lui qui m'avait poussée à découvrir mes racines et maintenant il semblait soucieux de m'en détacher, comme s'il avait l'intuition des bouleversements à venir. Nous étions en vacances, nous ne devions pas l'oublier, il avait lu dans son guide combien la route est belle jusqu'aux Carpates, et là-bas nous devions absolument visiter Sinaia, Predeal, et bien sûr Braşov.

Le climat serait plus agréable, il avait repéré des hôtels et il y avait des dizaines de balades à faire en montagne. À Sinaia nous achèterions des chaussures de marche.

Je m'étais laissé distraire, conduire, nourrir, aimer – je crois qu'Arthur avait tourné la page du retour chez les miens. Nous n'avions vu ni la pharmacie de mes parents ni l'autre couple de leurs amis, et quand j'ai voulu reparler de cette soirée chez les Sârbu, il n'a pas relancé la conversation. Je suis restée seule à me demander où finit l'innocence et où commence la saloperie. À l'instant de la connaissance, me suis-je dit, à l'instant où l'information nous est donnée. À partir de ce moment-là nous ne pouvons plus prétendre à l'innocence. Nous sommes tenus de creuser l'information jusqu'à tout connaître d'elle, qu'aucune zone d'ombre ne demeure, sinon cela revient à couvrir les assassins, à devenir leurs complices d'une certaine façon. Monica et Mihail savent qu'un pogrom a été commis à Iaşi, mais alors que toutes les informations sont désormais disponibles, ils ne veulent pas en savoir plus, ce qui leur permet de nier la mort d'une majorité de victimes et de banaliser celle de la minorité qu'ils veulent bien admettre – « Il y a eu des morts, oui, comme dans toutes les guerres, mais nous ne sommes pas des assassins ».

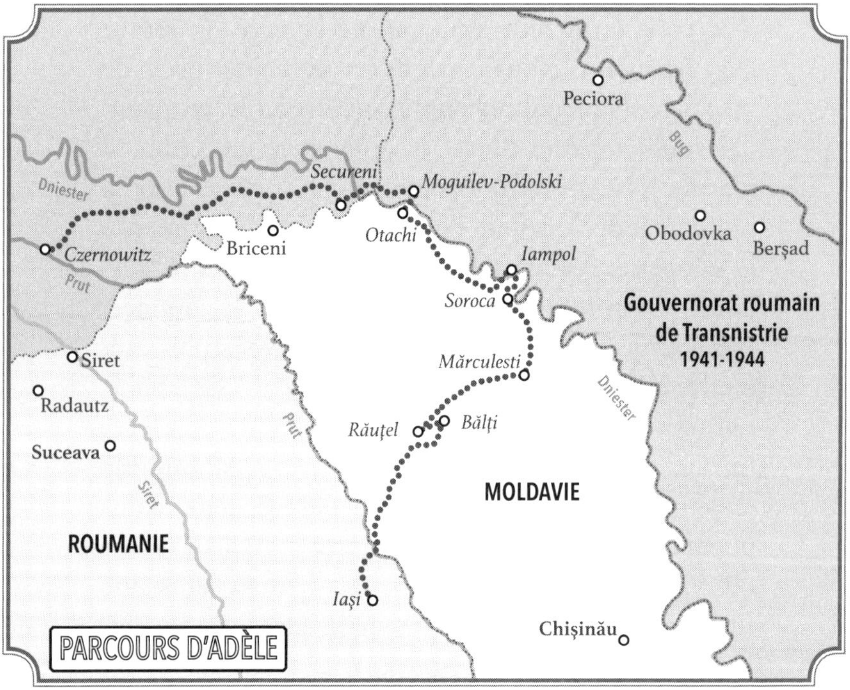
Peciora
Bug
Dniester
Secureni
Moguilev-Podolski
Otachi
Briceni
Obodovka
Berşad
Czernowitz
Iampol
Prut
Soroca
Gouvernorat roumain
de Transnistrie
1941-1944
Siret
Mărculesti
Radautz
Dniester
Prut
Răuţel
Bălţi
Suceava
Siret
MOLDAVIE
ROUMANIE
Iaşi
Chişinău
PARCOURS D'ADÈLE

Deuxième partie :

Des assassins

« Ils n'étaient plus que des ombres, mourant de faim. »

Mayer Rudich
(Poétesse, rescapée du camp de Secureni)

Un après-midi pluvieux d'automne j'entre chez Gibert, boulevard Saint-Michel, je ne demande rien à personne et vais directement à la lettre « A ». Je pense qu'il n'y aura pas de livres d'Aharon Appelfeld, que personne ne le connaît, cet homme, et qu'après ça je rentrerai tranquillement chez nous. C'est dire ma surprise lorsque je découvre qu'il y en a peut-être cinq ou six. La dernière fois, aucun, dans la librairie de notre quartier – « Je peux vous aider, madame ? — Non, merci, je ne sais pas moi-même ce que je cherche… » Merde, pour l'entendre me répondre : « Comment dites-vous ? Appel ?… Appelfeld ?… Ah, non, je ne vois pas. » Et là cinq ou six ! J'en sors un au hasard, mais je tremble si violemment que je le laisse tomber – « Oh, quelle conne ! » Ça fait trop longtemps que j'attends ce moment, ou que je le redoute, je ne sais pas. Je le ramasse et l'ouvre, et tout de suite, à la première page, je lis qu'Aharon Appelfeld « est né à Czernowitz en 1932, en

Bucovine (alors rattachée à la Roumanie) ». Juste lire le mot de « Roumanie » me troue le cœur et pendant un moment je ne peux pas continuer parce que je pleure. Je ne saurais même pas dire pourquoi, si c'est de regret au souvenir de notre voyage, de ce retour à Iaşi complètement raté, ou de honte de n'avoir rien fait depuis, même pas remercié Catalin Georgescu pour les articles sur mon grand-père. J'essaie de déchiffrer la suite entre mes larmes, puis je m'essuie les yeux : « À l'âge de huit ans, il est déporté dans un camp d'où il s'évade quelques mois plus tard. Il se cachera durant trois années dans les forêts ukrainiennes avant d'être enrôlé dans l'Armée rouge. En 1946, après avoir traversé l'Italie, il embarque sur un bateau et gagne la Palestine. Il vit à Jérusalem. »

Pourquoi ne disent-ils pas la chose la plus importante – que nous avons tué sa mère ? « *Nos* soldats ont tué sa mère », m'a bien dit Vasile Popovici, le seul Roumain à m'avoir parlé d'Appelfeld, peut-être le seul de tout le pays à l'avoir lu. « Nous ne sommes pas des assassins, les Juifs sont tous partis en Israël, voilà la vérité », s'était récriée Monica Sârbu. De fait, Appelfeld est bien parti en Israël, mais poussé par les événements, pas exactement de son plein gré.

Je veux voir ce qu'il écrit de la mort de sa mère et je commence à lire fébrilement son livre, debout, chez Gibert, jusqu'à tomber sur cette phrase : « Ma mère fut assassinée au début de la guerre. Je n'ai pas vu sa mort, mais j'ai entendu son seul et unique cri. »

Puis, un peu plus loin, alors qu'il erre dans la forêt et découvre un buisson de mûres : « J'avais déjà vu de nombreux morts dans le ghetto et le camp, et je savais qu'un mort ne se relevait pas, que sa finalité était d'être jeté dans un trou, et malgré cela je ne percevais pas la mort comme une fin. J'espérais sans relâche que mes parents viendraient me chercher. »

Si nous ne sommes pas des assassins, pourquoi avons-nous tué sa mère ? Et pourquoi évoque-t-il « de nombreux morts dans le ghetto et le camp » si nous n'avons pas de sang sur les mains ? Pourquoi avons-nous enfermé toutes ces personnes et de quoi sont-elles mortes ? J'achète tous les livres d'Appelfeld et je rentre à la maison.

Je lis les livres d'Aharon Appelfeld et je ne comprends pas comment c'est arrivé. Lui-même ne semble pas comprendre car il ne dispose pour s'éclairer que de ses souvenirs d'enfant de huit ans. Nous, lecteurs, sommes maintenus dans la même ignorance. On ne sait pas qui tue sa mère, ni pourquoi. On ne sait pas qui décide de créer un ghetto à Czernowitz et d'y enfermer les Juifs. Puis on devine que les Juifs doivent quitter le ghetto pour rejoindre un « camp », mais on ne sait pas pourquoi ni où se trouve ce camp ni ce que deviennent les Juifs une fois dans ce camp. On ne sait pas non plus d'où arrivent les ordres ni qui les donne.

« J'ai déjà écrit plus de vingt livres sur ces années-là, écrit soudain Aharon Appelfeld au détour d'une page. Parfois il semble que je n'ai pas encore commencé. » Et un peu plus loin : « Par exemple, cette marche forcée que j'essaie de relater, sans succès, depuis des années. Nous pataugeons depuis des jours sur des routes boueuses, une longue colonne, encadrée par des soldats roumains et ukrainiens qui nous frappent avec leurs matraques et nous tirent dessus. Papa serre ma main très fort. De nouveau mes jambes courtes ne touchent plus le fond mais le froid de l'eau pénètre mes jambes et mes hanches. Tout autour, c'est l'obscurité, et hormis la main de mon père je ne sens rien. À vrai dire, je ne sens pas sa main non plus car la mienne est déjà en partie paralysée. Une chose est claire pour moi : un seul petit mouvement et je coule, et même papa ne pourra pas me sauver. De nombreux enfants se sont déjà noyés ainsi. »

Cette « marche forcée » tient-elle une place programmée, voulue, dans l'assassinat des Juifs de Czernowitz ? L'enfant n'en sait rien, manifestement, et nous non plus. Tous les Juifs de Czernowitz n'ont pas quitté le ghetto de la même façon, d'autres ont été entassés dans des wagons à bestiaux. « Quelques jeunes Ukrainiens debout sur les arbres criaient : “Les Juifs aux wagons”, et jetaient des pierres. » Ils les jetaient sur une colonne d'enfants juifs aveugles que l'on conduisait à la gare. Les enfants chantaient, le petit Appelfeld s'en souvient, mais cette fois il est seulement témoin de la scène.

J'ai découvert l'existence d'Auschwitz au collège, comme toutes les petites Françaises et les petits Français, puis en classe de seconde nous avons reçu Marceline Loridan avant de nous rendre à Auschwitz-Birkenau. L'année suivante nous avons lu Primo Levi, *Si c'est un homme*, Imre Kertész, *Être sans destin*, et Jorge Semprún, *L'Écriture ou la Vie*. En terminale, on nous a projeté *Shoah*, de Claude Lanzmann, en trois séances de trois heures chacune. Ainsi, dès l'âge de dix-sept ou dix-huit ans, nous savions l'essentiel de l'extermination des Juifs dans l'Allemagne nazie.

Comment expliquer qu'à trente-trois ans j'en sois encore à découvrir à tâtons, plaçant mes pas dans ceux d'un enfant de huit ans, ce que nous, Roumains, avons infligé aux Juifs de notre pays ? Comment expliquer l'ignorance abyssale de mes parents – « Si j'avais su quelque chose, je te l'aurais dit, Adèle. L'autre jour, c'est toi qui m'as appris qu'un pogrom avait été perpétré à Bucarest » ? L'ignorance plus ou moins voulue de leurs amis Sârbu – « Le pogrom de Iaşi ? Ça, c'est une chose dont l'Europe nous accuse, mais ça ne repose sur rien. » Les communistes ont tenté d'effacer l'Histoire, oui, c'est entendu, mais en 1990 les communistes ont été renversés, et depuis aucun historien n'aurait tenté de rétablir les faits ? Il n'existerait donc qu'Appelfeld pour témoigner, avec ses mots d'enfant ?

L'idée de lui parler m'est alors apparue comme une évidence. Proposer à Markus un reportage en Israël et venir frapper à la porte d'Appelfeld…

Arthur dormait, je me suis relevée au milieu de la nuit, trop excitée pour me rendormir. Me suis fait un café, puis j'ai allumé une cigarette. À ce moment seulement je me suis décidée à me renseigner sérieusement sur cet écrivain juif originaire de Czernowitz et désormais domicilié à Jérusalem, d'après sa maison d'édition. La première phrase de sa fiche Wikipédia m'a coupé le souffle : « Aharon Appelfeld, né le 16 février 1932 à Jadova, près de Czernowitz, et mort le 4 janvier 2018 à Petah Tikva en Israël, est un romancier et poète israélien. » Mort le 4 janvier 2018. Nous étions en novembre 2018 – je l'avais raté de quelques mois seulement.

Alors je me suis surprise en train d'écrire un SMS à Vasile Popovici : « Bonjour monsieur, je ne sais pas si vous vous souvenez de moi, Adèle, Adèle Codreanu. Saviez-vous qu'Appelfeld est mort ? Qu'il était déjà mort en juin quand nous nous sommes rencontrés ? J'ai lu plusieurs de ses livres, j'espérais le voir en Israël. Je suis perdue, là, donnez-moi un conseil s'il vous plaît. J'espère ne pas vous avoir réveillé et que vous allez bien. »

Il était 4 h 20. J'allais rallumer une cigarette quand la réponse est tombée : « Voyez Edgar Hilsenrath. » Lui non plus ne dort pas, ai-je pensé. Pas un mot gentil, ni bonjour ni au revoir. Bon, mais au moins il se souvient de moi, sinon il ne m'aurait pas répondu.

J'aimerais que Vasile Popovici ait de l'estime pour moi, c'est à cela que je songe durant un moment, plutôt qu'à son conseil – Hilsenrath ? Jamais entendu parler. Aux différents moyens de gagner son estime, et même… et même peut-être son amour. Jeune journaliste, j'avais recherché de la même façon la considération de Philippe Alba, ancien ministre, autorité morale, membre du Conseil constitutionnel dont Markus m'avait demandé d'écrire le portrait. À l'époque, j'avais une histoire avec Markus et quand j'étais rentrée de mon premier entretien avec Alba et lui avais raconté combien l'homme m'avait plu, ce crétin lumineux m'avait lancé : « Au fond, ma chérie, tu ne sais pas encore si tu le préférerais en papa ou en amant, hein ? Tu vas devoir te décider, sinon c'est lui qui va le faire pour toi. »

Certainement pas, avais-je pensé. Aucun homme n'a jamais décidé pour moi, à l'exception du premier, qui croupit aujourd'hui en prison. J'avais revu Alba à plusieurs reprises, toujours dans le même bistrot du 9e arrondissement. Je l'amusais, je le charmais, sans bien savoir ce que j'attendais – « Vous n'avez aucune éducation, Adèle, c'est votre force, ne changez rien, mais laissez-moi juste vous expliquer quelques trucs » –, jusqu'au jour où j'avais deviné qu'en dépit de nos quarante-deux années de différence il s'était autorisé à envisager que quelque chose soit possible. Le désir avait dû le surprendre, et il n'avait plus su comment s'en défaire.

Un jour, au restaurant, il avait pris ma main, m'avait embrassé l'intérieur du poignet et, comme si je n'espérais que cela depuis des semaines, mes yeux dans les siens, tout bas, je m'étais entendue lui dire : « Oh, vous m'aimez, Philippe ? C'est vrai ? Vous ne trichez pas ? C'est un cadeau, vous savez. Je suis si… touchée. Si émue. Venez, partons vite. »

Il m'avait emmenée chez lui, un grand appartement sombre près du Conseil constitutionnel dont il était la figure la plus connue du grand public, la plus respectée également.

J'avais aimé qu'il tremble et laisse tomber son trousseau de clés à peine la porte refermée, qu'il ne sache plus, qu'il soit un peu perdu. Moi vingt-trois ans, perchée sur mes talons, lui soixante-cinq – il ne lui restait plus trop de temps à vivre et j'imagine qu'il le savait.

Maintenant tu m'appartiens, je peux faire de toi ce que je veux, avais-je songé, prise d'une ivresse délicieuse, tout en pensant que je l'aimais, qu'il ne m'avait fait aucun mal. Oui, mais tout de même, le désir était ardent en moi de me venger. « Toi, m'avait dit un jour Markus, il était sûrement prévu que tu sois un garçon, mais il n'y avait plus de pénis en stock le jour de ta naissance alors on t'a mis une chatte. »

Il m'avait entraînée dans sa chambre mais je n'avais pas voulu, et il avait dû lâcher ma main.

« Non, pas dans ta chambre, plutôt dans ton bureau… Montre-moi ton bureau. »

Il soufflait fort, son cœur devait cogner.

« Voilà, oui, on va le faire dans ton bureau. Attends, je vais disposer le fauteuil de telle façon que tu puisses aussi me voir de dos dans le grand miroir. Maintenant assieds-toi dans le fauteuil et attends-moi. »

Après ça, il avait voulu me revoir, m'avait écrit qu'il m'aimait, laissé des dizaines de messages auxquels je n'avais pas répondu. Il souffrait, peut-être même allait-il mourir par ma faute. Cela pouvait me rendre triste à certains moments, mais en même temps qu'aurais-je pu espérer de mieux ? J'étais devenue sa raison de vivre.

Vasile Popovici a-t-il été traversé par l'idée qu'il pourrait m'aimer, que nous pourrions coucher ensemble ? Ou c'est moi seulement qui toujours espère, qui toujours imagine… La première fois c'était un viol, mais je ne l'ai pas compris tout de suite. Apparemment, il avait fait ça avec d'autres filles du club – attendre qu'il n'en reste qu'une dans les vestiaires et la pousser dans une cabine. Gérard Boher, quarante-sept ans (j'avais appris son âge en lisant le journal pendant le procès), était notre entraîneur au gymnase. Nous avions toutes entre quatorze et quinze ans. Il avait sorti sa bite, me l'avait collée entre les fesses et, sur le moment, j'avais été flattée d'être… choisie.

« Vous… Vous voulez…

— Te montrer, oui. Et tu vas aimer, je suis certain que tu vas aimer. »

Il s'était frotté un moment et j'avais continué d'être flattée, enfin peut-être, je ne suis plus très sûre, jusqu'au moment où il m'avait enfoncé un doigt dans l'anus tout en se répandant sur l'intérieur de mes cuisses. Après ça, je m'étais arrangée pour ne jamais rester la dernière. Puis il avait fait le truc à la fille d'un avocat, d'autres élèves avaient témoigné, mais pas moi, moi j'avais dit à mes parents qu'il ne m'avait pas touchée, et il avait pris vingt ans de prison.

« Voyez Edgar Hilsenrath. » Oui, oui, demain. Pourquoi je ne peux pas croiser un homme sans vouloir qu'il me désire, qu'il m'aime ? Est-ce que toutes les femmes partent ainsi à la conquête du monde ? Encore faut-il qu'elles plaisent. Moi, j'ai su tout de suite que je plaisais aux hommes, et pas seulement à cause de ce connard de Boher. Le regard des hommes sur mes reins, dans la rue. J'ai su tout de suite qu'avec mes fesses je corrigerais le monde et le rendrais plus juste, plus équitable.

Je lis *Nuit* d'Edgar Hilsenrath, puis *Les Aventures de Ruben Jablonski*, et je comprends enfin comment on survit dans un ghetto. Hilsenrath est né en 1926, il a six années de plus qu'Aharon Appelfeld, de sorte qu'à l'automne 1941, quand on l'enferme avec sa famille dans le ghetto de Moguilev-Podolski, il est âgé de quinze ans – et non de huit, comme Appelfeld.

« Le 14 octobre [1941], sur un ordre inattendu, écrit-il, tous les Juifs de Bucovine, de Bessarabie et du nord de la Moldavie ont été déportés vers l'Est. Un beau matin, des gendarmes roumains nous ont conduits à la gare de Radautz. Personne ne savait où nous allions ni quelle était la destination. Parqués dans des wagons à bestiaux aux portes cadenassées, nous étions transportés aux frais de l'État. Des rumeurs circulaient dans les wagons : dans l'Est, des commandos SS avaient fusillé tous les Juifs, c'est là-bas qu'on nous emmenait, quelque part en Ukraine, le pays des exécutions de masse. La plupart n'y croyaient pas. Pourquoi les SS fusilleraient-ils des Juifs de Bucovine qui appartenaient à la culture allemande ? Ensuite : qu'avions-nous fait ? Il n'y avait aucune raison. Et pour finir : nous étions convoyés par des gendarmes roumains. Ils ne laisseraient certainement pas faire. Ils n'étaient pas tous fascistes. »

Il explique que quelques convois furent livrés aux SS et tous les Juifs aussitôt fusillés sur la rive orientale du fleuve Bug, mais que la plupart, dont sa famille et lui, furent enfermés dans le ghetto de Moguilev-Podolski, ce qui représentait « une chance de survie ». « Nous étions censés mourir de faim, ajoute-t-il, les Roumains étaient convaincus que de cette manière la population juive serait de toute façon décimée. »

Pénétrer dans *Nuit*, puis en tourner les pages, suscite en moi la même curiosité, la même émotion glacée qu'en découvrant Primo Levi. Ah bon, les hommes sont donc capables de cela, en réduire d'autres à l'état de bêtes par la faim, la misère et la maladie, jusqu'à les regarder s'entredévorer… et rire ?

De retour du front, un soldat roumain entre dans le ghetto pour profiter des filles juives du bordel qui ne coûtent quasiment rien – un croûton de pain, un oignon. Mais avant d'y aller, il s'arrête pour prendre un ersatz de café chez Itzig Lupu, le petit trafiquant juif qui fait des affaires sur le dos des mourants.

« "Je ne pensais pas vous trouver encore si nombreux dans cette ville de merde, dit le soldat.

« — Oui, c'est vrai, convient Itzig Lupu. Dieu merci, les autorités nous traitent convenablement, pas comme si nous étions sous la coupe des Allemands.

« — Avec nous, vous êtes plutôt bien lotis."

« Il fit un clin d'œil à Itzig :

« "Je m'étais laissé dire que tous les Juifs ici avaient crevé… comme quoi, il ne faut jamais croire les rumeurs."

« Itzig s'empressa d'essuyer le café renversé sous la tasse du soldat avec son tablier.

« "C'est quand même bizarre, fit le soldat en secouant la tête. Quand on revient après tout ce temps, on a même l'impression que vous êtes plus nombreux qu'avant." »

La lecture de *Nuit* détricote ma vie présente. Je ne peux pas me détacher de ce texte, quand j'ai fini de lire une scène je recommence à la lire, je note les noms des rues du ghetto, je regarde sur une carte où se situe le fleuve Dniestr et où coule le fleuve Bug (dont jamais je n'avais même entendu prononcer le nom), un jour j'envoie un mail à Markus pour le prévenir que je suis malade, que je vais être absente pendant plusieurs jours, je ne peux pas envisager de quitter ce livre pour retourner au journal, j'en ralentis la lecture, je ne sors plus, et quand Arthur rentre à la maison je dois faire un effort pour supporter sa présence.

Lui non plus n'a jamais entendu parler du ghetto de Moguilev, pas plus d'ailleurs que de celui de Czernowitz.

Puis je finis le livre, mais je continue de tourner autour comme si je voulais de nouveau entrer dedans, tout en sachant que cela n'est plus possible, que la grâce d'habiter un texte ne dure jamais que le temps de sa découverte. Ensuite, on peut le glisser dans son sac, ne plus vouloir s'en séparer, mais on n'en sera jamais plus l'hôte ingénu, ébloui, éperdu.

À la mi-décembre de cette année 2018 je parviens enfin à joindre Edgar Hilsenrath par téléphone. J'ai obtenu son numéro par sa maison d'édition. Il se trouve alors à Willich, en Allemagne.

Je suis surprise par le son de sa voix, gouailleuse, un peu voyou en dépit de ses quatre-vingt-douze ans, et je me remémore alors l'appétit pour la baise de Ruben Jablonski, son double. Arrivé en Palestine, après ses années dans le ghetto, il ne pense qu'à ça, couche avec les femmes de ses amis, traîne dans le quartier des prostituées juives de la rue Hayarkon, et comme elles sont trop chères pour lui songe à se rabattre sur le bordel arabe de Jaffa, où les filles sont bon marché, avant de renoncer. Trop dangereux. « Je me voyais déjà la gorge ouverte dans le lit d'une grosse pute arabe. "Non, Jablonski, tu ne prendras pas ce risque." » Hilsenrath n'est pas un poète comme l'était Appelfeld, mais un écrivain de la noirceur qui voit le mal en chacun de nous.

Je lui explique que je viens de finir *Nuit* et que j'aimerais le rencontrer.

« Moi aussi, j'aimerais bien, dit-il, et je l'entends rire. Mais qu'est-ce qu'on pourrait bien faire ensemble, toi et moi ? Tu sais quel âge j'ai, mon petit ? Ça fait bien longtemps que les femmes ne me courent plus après.

— Je viendrai en voiture, je voudrais que vous m'accompagniez à Moguilev. »

Un instant plus tôt je n'y pensais pas, l'idée m'est venue par sa faute en l'entendant se demander ce qu'on pourrait bien faire ensemble. Dans la seconde, je nous ai vus tous les deux roulant vers l'Ukraine, traversant le Dniestr, entrant dans Moguilev.

« Je me fous de Moguilev, mais si tu passes par Siret je t'accompagne. Je voudrais revoir Siret.

— Nous passerons par Siret, je vous le promets. »

Durant un moment je ne l'entends plus.

Siret est le village de ses grands-parents, autrefois en Autriche, aujourd'hui en Roumanie, à quelques kilomètres de la frontière avec l'Ukraine, sur la route de Czernowitz. La famille Hilsenrath a fui l'Allemagne nazie pour se réfugier dans ce gros bourg essentiellement peuplé de Juifs. « Nos premiers mois à Siret, la fin de l'été et l'automne 1938, furent les plus beaux de mon enfance, écrit-il dans *Les Aventures de Ruben Jablonski*. Ici, en Bucovine, dans cette bourgade d'Europe orientale, je me suis senti pour la première fois à l'abri de la menace quotidienne des nazis. »

« Je te montrerai notre maison, reprend-il, je crois qu'elle est encore debout.

— Oh, merci, oui. Je suis tellement heureuse de pouvoir vous parler, que vous acceptiez… de m'accompagner. Je vous conduirai où vous voulez.

— Et tu voudras bien coucher avec moi, aussi ?

— Et je coucherai avec vous si vous en avez envie.

— C'est bien, tu es une bonne petite. Mais tu ne m'as pas dit ton nom, ni même de quel pays tu es. »

Nous parlions en anglais, lui a vécu longtemps aux États-Unis après la Palestine.

« Je suis d'origine roumaine, dis-je en roumain, je m'appelle Codreanu, Adèle Codreanu.

— Siret est devenu roumain seulement après la Première Guerre mondiale, tu sais, mais nous n'aimions pas les Roumains et nous avons continué à parler allemand bien qu'ils nous le défendent. Ils ont changé les noms des rues, ces imbéciles, mais nous avons continué à nous peloter le soir sur la Kirchengasse et à se donner rendez-vous sur la Ringplatz. Et l'unique hôtel a continué de s'appeler *Annahof*. Ah non, nous n'aimions pas les Roumains, et d'ailleurs je ne les aime pas plus aujourd'hui.

— Alors vous n'allez pas vouloir... coucher avec moi, ai-je dit en riant.

— Allez, allez, tout ça est loin maintenant. Codreanu, dis-tu, comme le fasciste roumain ?

— Oui, mais je ne suis pas de sa famille. »

Je me suis tue, je l'entendais respirer. Alors j'ai repensé aux articles de journaux que m'avait envoyés Catalin Georgescu et sur lesquels mon grand-père apparaît à plusieurs reprises en uniforme d'officier. J'avais haussé les épaules en les découvrant et décidé de n'en rien dire à mon père – à quoi bon, il est tellement insignifiant ! Mais le dire à Edgar Hilsenrath m'a soudain remplie d'une violente excitation.

« Je suis la petite-fille du commandant Alexandru Codreanu qui a servi dans l'armée d'Antonescu.

— Alexandru Codreanu... attends voir... Ce n'était pas un des adjoints de Brosteanu ?

— Je ne sais pas qui est Brosteanu.

— Le colonel… Emil Brosteanu… qui dirigeait plus ou moins la gendarmerie.

— Mais vous vous souvenez… de mon grand-père ?

— Ça se pourrait, oui. Si tu me montres des photos.

— Je n'en ai pas, ai-je menti.

— Alors laisse tomber. Qu'est-ce que tu y peux de toute façon ?

— J'aimerais quand même savoir.

— Brosteanu était une ordure qui menaçait de nous livrer aux Allemands si nous ne lui donnions pas ce que nous avions pu sauver – les bagues, les bijoux, les montres… Il s'est fait de l'argent. Mais tous les Roumains se sont fait de l'argent avec les youpins, et ton grand-père aussi, probablement.

— Je vais essayer de trouver des photos.

— Bien, comme tu veux. Et quand vas-tu venir alors ?

— Je pensais… au début du mois de janvier. Ça irait pour vous ?

— Ça irait très bien. Tu vas noter mon adresse et me donner la tienne, je vais t'envoyer un livre dans lequel tu trouveras peut-être le nom de ton grand-père.

— Ah, d'accord. C'est quoi ce livre ?

— Écrit par un copain, Stivelman. Michael Stivelman, retiens son nom. Lui a fait plusieurs ghettos et puis il est parti au Brésil après la guerre.

— Merci, je le lirai. Alors disons que le 3 janvier je serai chez vous ?

— Je t'attendrai, mon petit. Je t'attendrai. Et dis-moi, tu as une belle voiture, au moins, parce qu'à Siret je suis honorablement connu, hein !

— Oui, une vieille Volvo, mais jolie, et moi aussi je suis jolie, je ne vous ferai pas honte, monsieur Hilsenrath. »

Entre Noël et le jour de l'An, nous partons pour Cabourg passer quelques jours au Grand Hôtel. C'est une idée d'Arthur. Il voit qu'il m'agace, que je n'ai plus envie de faire l'amour avec lui, et il escompte sans doute que la vie à l'hôtel va réveiller ma libido. Je n'arrive pas à lui dire que je vais partir pour Moguilev au volant de sa Volvo, qu'il m'ennuie, que le journal m'ennuie, que je ne suis déjà plus là. Ce n'est pas la crainte de le lui dire, c'est seulement que je n'ai pas envie de partager ça avec lui. Un soir, je le surprends en train de lire *Nuit* que j'ai dû laisser sur la table de notre chambre, à côté de mon sac (car il ne l'aurait sûrement pas pris *dans* mon sac, il est bien trop poli), et aussitôt je me mets en colère.

« Mais c'est mon livre !

— Oui, excuse-moi, je pensais que tu l'avais fini.

— Je ne l'ai pas fini, non, dis-je en le lui arrachant des mains. Et de toute façon ça ne te regarde pas.

— Quoi, Adèle, qu'est-ce qui ne me regarde pas ?

— Ce qui s'est passé avec les Juifs.

— Et pourquoi ça ne me regarderait pas ?

— Parce que tu n'es pas roumain, parce que tu es bien trop gentil et bien élevé pour faire du mal à qui que ce soit, parce que toi tu es parfait, Arthur, parfait, parfait, et merde à la fin, fiche-moi la paix ! »

Je crois que je ne l'aime plus.

Nous rentrons à Paris le 31 décembre au soir car Arthur est de garde à l'hôpital le 1er janvier. Il conduit, il a compris que quelque chose n'allait pas et il a choisi de se taire, comme le font généralement les psychiatres – c'est au patient de s'exprimer, n'est-ce pas, le médecin, lui, a prétendument tout son temps (et il n'est pas malade, il aime la vie, il va très bien, très très bien, lui). Nous écoutons la radio quand une voix annonce le flash de 22 heures, et cette première nouvelle :

« Nous apprenons à l'instant la mort de l'écrivain allemand Edgar Hilsenrath à l'âge de quatre-vingt-douze ans. Il s'était fait connaître du grand public par son roman *Le Nazi et le Barbier*… »

« Non ! Nooon ! »

Je m'entends hurler dans la voiture, et comme j'éclate en sanglots Arthur se gare précipitamment sur le bas-côté.

« Adèle, ma chérie… Adèle, mais qu'est-ce qu'il y a ? Qu'est-ce qui ne va pas ? »

C'est un chagrin abyssal, comme si cet homme que je connaissais à peine devait enfin donner un sens à ma présence sur la terre. Il m'avait été permis de le rencontrer, d'envisager un voyage qui m'était apparu comme une véritable naissance après ces années de tristesse et d'intranquillité, et voilà qu'à peine sa main saisie, elle m'est retirée.

« J'allais partir avec lui, dis-je après un moment.

— Avec qui, Adèle ?

— Hilsenrath, l'écrivain qui vient de mourir. J'allais partir avec lui pour Moguilev.

— Oh ! Et tu ne m'as rien dit…

— Non, je ne voulais pas. Je comptais prendre ta voiture. Je ne t'aurais peut-être même pas prévenu. Juste laissé un mot.

— Parce que tu crois que j'aurais pu t'en empêcher ?

— Je ne crois rien, je m'en fiche. J'avais juste besoin d'une voiture.

— D'accord, eh bien tu as la mienne si tu veux toujours partir.

— Arrête d'être gentil, Arthur. Arrête ! Dis-moi un truc méchant, s'il te plaît.

— Sûrement pas.

— Je ne t'aime plus, je n'ai jamais aimé faire l'amour avec toi.

— C'est faux. Tais-toi. Si tu veux partir, tu as ma voiture.

— Je regrette de t'avoir rencontré.

— Adèle, tais-toi maintenant. Moi je t'aime et je ne regrette pas de t'avoir rencontrée.

— Je te trompe tout le temps et tu ne le vois même pas.

— Je ne te crois pas.

— Tu ne me crois pas ? Eh ben tiens, regarde ce que j'ai dans mon sac ! »

J'ai sorti une poignée de capotes que je lui ai lancées à la figure.

« Tu crois qu'elles me servent à quoi, hein ? Toi et moi, on n'a jamais baisé avec des capotes.

— Oh Adèle… Adèle… Tu me fais chier, là, merde à la fin ! Tiens, voilà mes clés, garde la voiture, rentre toute seule, je ne veux plus t'entendre. »

Il est descendu, je me suis glissée derrière le volant et j'ai démarré.

« Toi aussi, tu me fais chier, ai-je dit tout bas. Bon débarras, pauvre con. »

Je suis passée chez nous prendre des affaires, sur le paillasson j'ai trouvé le paquet de Hilsenrath, dans la voiture j'ai regardé sur Google l'itinéraire pour Moguilev-Podolski, deux mille trois cents kilomètres, puis j'ai pris la direction de Strasbourg et je me suis arrêtée pour dormir à Bar-le-Duc – Hôtel de la Gare.

Quel bonheur ! ai-je pensé en me réveillant, plus d'Arthur, plus d'appartement d'Arthur si joliment décoré, plus d'amis d'Arthur sonnant à notre porte les bras chargés de fleurs pour des dîners convenus à peu près aussi chiants qu'Arthur au lit, plus à faire semblant d'être la bandante mais néanmoins fidèle et attentionnée femme d'Arthur, plus de journal, plus de conférence de rédaction à écouter tous ces crétins prétentieux, plus rien pour me distraire de moi-même. Juste des amants de passage – sans eux je ne me serais jamais découverte, je n'aurais jamais vraiment su la fille que je suis – noire, sensuelle, tricheuse, indocile, dominatrice, libertine. « Tu crois que tu m'aimes, Arthur, mais tu ne me connais pas, au début j'ai dû te faire peur avec mes mots salaces, mes caresses de garçon, puis je me suis calmée pour ne pas te perdre et toi tu as pris le parti d'oublier car tu n'allais pas tomber amoureux d'une pute, quand même ! Toi si bien élevé. »

Je suis issue de parents amnésiques et j'aurais continué de survivre nerveusement, me demandant pourquoi je suis sans cesse en colère, si je n'étais pas allée en Roumanie, en partie grâce à toi, Arthur, mais aussi grâce à Markus. C'est là-bas que j'ai compris que mon histoire n'est pas la vôtre, que je n'ai rien de commun avec vous. Moi, je suis l'enfant de ces Roumains de Iaşi qui ont massacré leurs voisins juifs à la fin du mois de juin 1941, avant de poursuivre la besogne en Moldavie puis en Ukraine. Moi, je suis issue d'un peuple d'assassins qui n'a même pas eu le courage de demander pardon comme l'ont fait les Allemands. Non, les Roumains ont préféré tricher, feindre de ne pas se souvenir. À l'exception de Vasile

Popovici. Sans lui, je n'aurais lu ni Appelfeld ni Hilsenrath, et je ne roulerais pas aujourd'hui vers Moguilev. J'ai emporté *Nuit*. Je voulais demander pardon à Hilsenrath, je crois que c'est pour ça mon hurlement et mes sanglots. « Je viens vous demander pardon » – personne ne m'entendra mais je le dirai quand même au moment d'entrer à Moguilev. « Je viens vous demander pardon », et peut-être qu'au même instant, comme par magie, la colère me quittera.

Arrivée à Munich, je m'avise qu'à Moguilev les gens parlent l'ukrainien, ou le russe, mais plus du tout le roumain, la langue de leurs bourreaux, qu'ils ont été contraints de pratiquer pendant les années d'occupation puis de guerre. C'est un peu, me dis-je, comme si on demandait aux habitants d'Oradour-sur-Glane pourquoi ils ne parlent pas l'allemand. Alors j'appelle Lucian.

« Lucian ? C'est Adèle, j'ai besoin que tu m'aides.

— Oh ! Où êtes-vous Adèle ?

— À Munich. Je vais travailler à Moguilev, tu peux me trouver quelqu'un qui parle ukrainien ?

— Mais moi je suis de Bălți, c'est ma langue.

— Je croyais que tu étais de Chişinău.

— J'ai fait mes études à Chişinău mais j'ai grandi à Bălți. Mes parents habitent Bălți, là-bas tout le monde parle le russe, ou l'ukrainien, c'est un peu pareil.

— Tu m'accompagnerais à Moguilev ?

— Je ne sais pas, ça dépend de l'hôtel. Je peux demander un congé si vous voulez.

— J'aimerais bien, oui. Je te payerai comme à l'hôtel.

— Je vous rappelle, Adèle. On pourrait se retrouver à Bălţi, ça vous éviterait de passer par Iaşi. »

Cette nuit-là, à Munich, j'ouvre le paquet de Hilsenrath dans ma chambre d'hôtel. Il m'adresse le livre de Michael Stivelman, son ami, originaire de Secureni, en Ukraine, tout près de la frontière avec la Moldavie, et intitulé *La Marche de la mort*. Il évoque cette marche sans fin, organisée par les Roumains pour faire mourir les Juifs d'épuisement sans avoir à les tuer d'une balle dans la nuque comme le font les SS, cette même marche qu'Appelfeld « essaie de relater, sans succès, depuis des années ». Stivelman est de 1928, il a donc treize ans en 1941 quand Appelfeld, accroché à la main de son père pour ne pas tomber et se noyer dans la boue, n'en a que huit. Stivelman, à son tour, s'essaie à nous raconter ce qui sans doute est indicible. D'abord le pogrom, voulu par les Roumains pour signifier d'emblée aux Juifs de Secureni ce qui les attend. « Le 6 juillet 1941, écrit-il, on apprit que l'armée roumaine entrait dans la ville, et tous les Juifs commencèrent à se cacher. » Dans leur « trou », les Stivelman entendent les cris de la fille de leurs voisins, Moila Roitman, violée par d'innombrables soldats roumains. « En sortant, écrit

Michael Stivelman, je vis la jeune fille couchée par terre dans une flaque de sang, et ses parents, attachés, qu'on avait obligés d'assister à la scène. » Quatre-vingt-onze Juifs, sur les dix mille que compte Secureni, ont été tués durant ce pogrom. Puis on ordonne par haut-parleurs aux survivants de se rassembler sur la place du bourg et le cortège s'ébranle en direction de Briceni, à trente kilomètres. « La colonne devait avoir trois kilomètres de long. La plus grande partie des personnes marchaient encore et ceux qui tombaient sur la route ou s'asseyaient étaient alors fouettés et obligés de reprendre la marche. Dans toute la région, des colonnes de Juifs quittaient leur ville au petit matin et en atteignaient une autre à la tombée du jour, tournant en cercles continuels et torturants. La première phase de l'extermination par l'épuisement dura environ six semaines. À ce moment-là, plus de la moitié des Juifs de notre région avaient été anéantis. »

Sur les soixante-dix-neuf personnes que comptait la famille Stivelman avant la guerre, seuls survécurent Michael et Riva, sa mère.

Pendant peut-être une heure je cherche si par hasard je ne trouverais pas le nom de mon grand-père parmi les bourreaux – et je ne le trouve pas.

Le surlendemain j'arrive à Bălți, au nord de la Moldavie. Il fait très froid, douze degrés au-dessous de zéro. Lucian m'a réservé une chambre à l'hôtel

Astoria mais il est prévu que nous dînions chez ses parents. C'est un couple d'une soixantaine d'années, lui travaille à la mairie, elle est professeure au lycée. Ils s'expriment en roumain par égard pour moi. Ce sont eux les premiers qui me parlent du camp de la forêt de Răuțel. Ils disent qu'avant la guerre la population de Bălți était juive à soixante-dix pour cent environ, mais qu'aujourd'hui on ne compte plus guère que quelques personnes âgées dont les familles sont parties en Israël. Les Allemands sont entrés les premiers dans la ville, en juillet 1941, après que leur aviation l'a eu détruite en grande partie, et ils ont immédiatement ordonné aux Juifs de se regrouper dans la cour de la Banque de Moldavie. Là, plusieurs exécutions ont été ordonnées sous le prétexte que des Juifs auraient tiré sur un camion de la Wehrmacht. Puis les Allemands, pressés de poursuivre l'offensive vers Kharkov et Stalingrad, ont cédé la ville aux autorités roumaines, et c'est un commandant roumain qui s'est retrouvé en charge des Juifs.

« Savez-vous son nom ? ai-je demandé.

— Le nom du commandant ? Oui, a dit le père de Lucian, je vais vous le donner dans un instant mais laissez-moi terminer mon histoire si vous voulez bien. »

Réfléchissant à la meilleure façon de procéder pour se débarrasser des Juifs, ce commandant a ordonné de créer un camp de concentration dans la forêt voisine de Răuțel. Tous les Juifs qui ne se sont pas enfuis sont arrêtés et y sont entassés derrière des haies de barbelés. Ils n'ont pas de toit sur la tête, rien pour s'abriter, ils vont mourir en quelques mois, de faim et de froid.

« Maintenant, attendez-moi une seconde, poursuit le père de Lucian en se levant de table, je vais vous lire un témoignage sur le camp de Răuţel. »

Il quitte la pièce et revient avec un gros volume hérissé de marque-pages.

« “Les gens vivaient dans des fossés antichars recouverts de branches, lit-il. Tous les jours, entre cinquante et soixante personnes mouraient soit de faim, soit de mauvais traitements. La population de Bălţi parlait avec effroi de ce camp. Răuţel était gardé par des sentinelles roumaines, et les colonnes de Juifs que l'on amenait en ville pour les travaux les plus pénibles étaient escortées par des soldats roumains. La plupart allaient nu-pieds et nu-tête et tous, sans exception, étaient revêtus de haillons et crevaient de faim.”

— Ce livre… Ce livre que vous lisez, il est de qui ?

— Matatias Carp, *Cartea Neagra. Le Livre noir* en français, *Faits et documents sur les souffrances des Juifs de Roumanie (1940-1944).* Ah, et vous vouliez le nom du commandant roumain, attendez… Carp l'indique quelque part, voilà, je l'ai : Ion Gradu, major Ion Gradu.

— Merci. Matatias Carp… personne ne m'avait encore parlé de cet homme.

— Son livre est une somme, je l'ai reçu de mon père, mais il est introuvable ici. Carp était un avocat juif de Bucarest, rescapé du pogrom de janvier 1941. Il a passé toute la guerre à rassembler, avec l'aide de sa femme, Ella, des documents et des témoignages sur l'extermination des Juifs de Roumanie. Il avait des complicités au plus haut niveau dans la Wehrmacht, comme dans l'Administration et l'armée roumaine, ce qui lui a permis d'obtenir des écrits confidentiels et des photos – épouvantables pour la plupart d'entre elles – prises par des militaires. Sans lui, nous n'aurions probablement jamais rien su de tout cela. *Cartea Neagra* regroupe trois volumes qui ont été publiés séparément en Roumanie entre 1946 et 1948. Au début des années 1950, les Carp ont fui le communisme pour s'installer en Israël. Lui est mort prématurément, en 1953, à quarante-neuf ans, et son livre a disparu avec lui.

— Vous me le prêteriez ?

— J'ai toujours refusé de m'en séparer.

— Mon mari y tient… beaucoup, dit alors sa femme avec un sourire amer.

— J'en prendrai soin, je peux vous laisser une caution si vous voulez.

— Non, non, je vous en prie, ce n'est pas une question d'argent.

— Prête-le-lui, papa, je sais qu'Adèle est soigneuse, elle te le rendra.

— Tenez, prenez-le, sachez seulement que pour moi ce serait une perte… inestimable. »

30 juin 1941 – Ordre du maréchal Ion Antonescu : « Il est interdit aux Juifs de circuler entre 18 heures et 6 heures du matin ; ils doivent être regroupés dans certains quartiers et dans des bâtiments suffisamment grands pour la surveillance et la répression immédiate de toute tentative d'agitation. Il faut prendre des otages parmi les dirigeants juifs, qui seront immédiatement fusillés en cas de rébellion. »

3 juillet 1941 – Directive du vice-président du Conseil, Mihai Antonescu (homonyme du maréchal) : « L'action de purification ethnique consistera à éloigner ou à isoler dans des camps de travail, d'où ils ne pourront plus exercer leur influence néfaste, tous les Juifs, ainsi que tous ceux qui sont étrangers à notre peuple et dont l'attitude est suspecte.

« Pour parfaire cette œuvre de purification, les gouverneurs des provinces auront, si nécessaire, à se prononcer sur les mesures d'émigration forcée de l'élément juif et de tous les autres éléments étrangers devant être transférés au-delà des frontières – ceux-ci n'ayant aucun titre à rester ni en Bessarabie ni en Bucovine à l'heure où sont restaurés à jamais nos droits nationaux sur ces territoires. »

8 juillet 1941 – Déclaration de Mihai Antonescu devant le Conseil des ministres : « Cela m'est indifférent

que nous entrions dans l'Histoire comme des barbares. Je le répète : nous n'avons pas connu de moment plus favorable au cours de notre histoire, de moment plus ouvert et plus libre pour la purification de notre peuple. Alors, je vous en conjure, soyez implacables ! Profitons de ce moment historique pour nettoyer notre terre et notre nation de tous ces malheurs passés qui nous ont empêchés d'être maîtres chez nous. S'il le faut, tirez à la mitrailleuse ! »

18 juillet 1941 – Communiqué du gouvernement à tous les hauts fonctionnaires : « Monsieur le général Antonescu, le *Conducător* de l'État, a donné des dispositions formelles afin que tous les Juifs se trouvant dans les camps de travail soient soumis aux corvées. En cas d'évasion, un Juif sur dix sera fusillé. Si le rendement n'est pas satisfaisant, la nourriture ne leur sera pas distribuée, il leur sera interdit de recevoir des colis et de se procurer des aliments par leurs propres moyens. Prenez des mesures afin que cet ordre soit exécuté. »

6 octobre 1941 – Déclaration du maréchal Antonescu devant le Conseil des ministres : « En ce qui concerne les Juifs, j'ai pris la décision de les chasser tous et pour toujours de ces provinces. Cette décision est en cours d'application. J'en ai encore en Bessarabie environ 40 000 qui, d'ici quelques jours, seront envoyés au-delà du Dniestr et, si les circonstances le permettent, expédiés au-delà de l'Oural. »

J'entre dans le gros volume de Matatias Carp déjà essoufflée, car en vérité furieuse contre moi-même de ne le découvrir qu'aujourd'hui. Chaque fois que je tombe sur un nouvel appel au meurtre d'un des deux Antonescu je le recopie consciencieusement dans mon cahier car, pour tout dire, je n'en crois pas mes yeux. Si le petit Appelfeld s'accroche à la main de son père pour ne pas mourir, c'est à cause de ces deux salauds. Et soudain je fais le lien entre les destins d'Appelfeld, de Stivelman et de Hilsenrath, soudain, grâce aux explications de Matatias Carp, tout s'éclaire – ils n'errent pas au hasard les uns et les autres, s'ils ont survécu aux wagons à bestiaux, aux « marches de la mort », aux camps de transit, aux ghettos, c'est pour aller mourir un peu plus tard « au-delà du Dniestr », comme l'écrit le maréchal Antonescu. Soudain, cette errance voulue par les autorités roumaines m'apparaît pour ce qu'elle est : un génocide qui ne dit pas son nom, un génocide que nos grands-parents et nos parents se sont efforcés d'ignorer, d'oublier, puis de minimiser quand ils n'ont plus pu faire autrement, comme ils le font pour les pogroms, un génocide durant lequel ont péri trois cent cinquante mille Juifs – enfants, femmes et hommes confondus. « Au-delà du Dniestr » existe cette région que les Roumains appellent la Transnistrie (traduction littérale de « au-delà du Dniestr »), qui s'étend du fleuve Dniestr au fleuve Bug et dont les deux Antonescu ont décidé de faire l'ultime destination des Juifs encore debout.

Le petit Appelfeld échappe à la mort en Transnistrie parce qu'il s'évade du camp où les Roumains le retenaient. Edgar Hilsenrath raconte comment les Juifs du ghetto de Moguilev passent leurs journées à chercher une ruine pour s'y cacher car les soldats roumains débusquent la nuit les Juifs qui survivent dans les buissons pour les expédier dans les camps d'extermination de Transnistrie (Moguilev se situe déjà en Transnistrie, sur la frontière, mais son ghetto n'est pas considéré comme un camp d'extermination bien que ses occupants y meurent chaque jour en grand nombre). Les soldats nc veulent pas prendre le risque de pénétrer dans les ruines du ghetto où sévit le typhus, très contagieux, aussi se contentent-ils d'attraper les Juifs qui se cachent dans les buissons – ou ne se cachent plus –, avec des bâtons ou de puissants projecteurs, et c'est ainsi qu'ils vident le ghetto d'un côté pour le remplir de l'autre car de nouveaux convois y arrivent chaque jour. « Cette nuit-là, écrit Hilsenrath, il y eut une rafle sur la rive du fleuve. Depuis le pont, deux immenses projecteurs illuminaient la grève d'une lumière aveuglante. Les sans-abris étaient assis, silencieux, sur leurs baluchons. Le visage jaune, ils ressemblaient à des comédiens épuisés sous les feux de la rampe. Ils n'osaient pas bouger ; même les tout-petits se tenaient immobiles, comme hypnotisés. » Ils n'ont plus rien, ils meurent déjà de faim et de froid, et cependant le seul mot de Transnistrie leur glace le sang.

Sans doute est-ce à Moguilev, dans le ghetto, que Stivelman rencontre brièvement Hilsenrath et se lie d'amitié avec lui. « Le 17 septembre 1941, à la tombée du jour, écrit-il, nous arrivâmes à Otachi, située juste en face de Moguilev-Podolski, de l'autre côté du Dniestr ; cette ville était un centre de redistribution des Juifs qui arrivaient de toute la Bessarabie, de Bucovine et d'autres régions. » La colonne où se trouve Stivelman stationne deux nuits à Moguilev, puis poursuit vers l'intérieur de la Transnistrie. « Nous marchions toute la journée sans nous arrêter, écrit-il, sans nous laver, sans la moindre hygiène, et les poux proliféraient d'une manière effrayante. C'est alors que se déclencha une épidémie de typhus, de dysenterie accompagnée de poussées de fièvre inquiétantes. À l'arrivée au camp de Berşad, au centre de la Transnistrie, plus d'un tiers de ceux qui avaient quitté Otachi avaient déjà succombé. »

Quand Lucian frappe à la porte de ma chambre d'hôtel, il est peut-être 9 heures et je ne me suis pas encore couchée.

« Oh viens vite, Lucian, fais-moi l'amour, j'en ai tellement besoin ! »

Nous n'avons qu'à retirer nos jeans et tout de suite il est sur moi, en moi.

« Oh comme c'est bon, Lucian, comme c'est bon ! Tu sens comme c'est bon ? »

Il fait oui de la tête, son visage adorable juste au-dessus du mien, et pour une fois je ferme les yeux.

« Après ça, je voudrais que tu m'encules, tu voudras bien ?

— Je ne l'ai jamais fait.

— Je t'apprendrai. Je te voudrais partout en moi, dans mes fesses, dans ma chatte, dans ma bouche.

— Adèle…

— Et moi aussi je t'enculerai… Tu aimeras, je suis sûre que tu aimeras, tu es si joli, si… féminin. »

Je ris, puis je rouvre les yeux et je vois comme il est grave, appliqué à aller et venir en moi, à me tringler en profondeur.

« Dis-moi que tu m'aimes, Lucian.

— Je t'aime.

— Dis-le encore.

— Je t'aime.

— Dis-le, dis-le… C'est tellement bon de sentir ta bite et de savoir que tu m'aimes.

— Je t'aime, Adèle.

— Dis-moi que tu m'aimeras partout.

— Je t'aimerai partout.

— Et que tu m'enculeras.

— Je t'encu…

— Si tu le dis encore une fois je vais jouir. »

J'ai crié, quelqu'un a frappé du poing contre la cloison.

« Je crois qu'on nous a entendus », dit Lucian.

Puis il tombe sur moi, blottit son visage contre mon cou avec un petit bruit comme un sanglot ; je le serre fort et m'endors presque aussitôt.

Pendant le déjeuner, je lui demande de m'emmener à la forêt de Răuțel.

« Je veux voir ce qu'il reste du camp.

— Rien. Il ne reste rien. Quand j'étais petit on allait souvent s'y promener avec mes parents.

— On va quand même y aller et chercher. »

Il n'a jamais vu de Volvo Amazon – « Tiens, conduis-la si tu veux ». La forêt n'est qu'à une dizaine de kilomètres de Bălți. Quand nous arrivons en lisière des premiers arbres, un prêtre orthodoxe, debout au milieu de la route, bénit les voitures qui vont et viennent. La plupart des conducteurs s'arrêtent pour donner une pièce à son assistant, un jeune garçon barbu aux cheveux longs dont le manteau noir traîne sur le bitume.

Lucian demande au prêtre s'il sait où se trouve le camp de Răuțel.

« Il n'y a pas de camping par ici, dit-il.

— Non, le camp de concentration… pour les Juifs.

— Pour les Juifs ?

— Pendant la guerre. »

Mais le prêtre ne sait pas, et maintenant il est agacé parce que nous avons interrompu ses bénédictions en bloquant la circulation.

Un peu plus loin, nous demandons au gérant de la station-service.

« Il n'y a pas de Juifs par ici, dit-il.

— Mais pendant la guerre, insiste Lucian, pendant la guerre des Juifs ont été enfermés dans la forêt. »

Il fait non de la tête, lui aussi est agacé maintenant, et il signifie au client suivant d'approcher. L'homme lui tend sa carte de crédit, tape son code, puis au moment de sortir nous invite discrètement à le suivre.

« Au carrefour, là-bas, prenez sur la droite, dit-il, après peut-être un kilomètre vous allez voir une aire de stationnement pour l'autocar avec un cabanon – dans les fourrés, derrière, il y a un petit monument en mémoire des Juifs. »

Nous trouvons le cabanon, nous nous enfonçons sous les arbres, le sol est gelé, le tapis de feuilles mortes craque sous nos pas. Parfois nous devons enjamber des fossés et je me demande si ce ne seraient pas les fossés antichars dont parle le témoin cité par Matatias Carp et où survivaient les Juifs sous des branchages. Une heure durant nous fouillons cet endroit de la forêt sans rien trouver.

Puis nous reprenons la Volvo et empruntons un chemin de terre qui grimpe entre les futaies. Vers le sommet apparaît une maison et, sur le seuil de celle-ci, un homme occupé à fendre du bois.

« C'est bien là d'où vous venez qu'étaient les Juifs, dit-il.

— Mais nous n'avons pas trouvé le monument.

— Si vous voulez, je peux vous y conduire. »

Il monte avec nous, nous prenons le chemin dans l'autre sens. À un moment il nous fait stationner. De nouveau nous enjambons des fossés, et puis là, soudain, sous des fourrés, il nous désigne le monument. C'est une petite stèle de marbre noir, de la taille de celles que l'on trouve dans les cimetières, dressée sur une dalle de ciment et sur laquelle on a gravé ces mots :

ÎN MEMORIA
EVREILOR-MUCENICI DIN
LAGARUL RĂUȚEL
AUGUST 1941
(*En mémoire des Juifs martyrs du camp de Răuțel
août 1941*)

La vieille dame qui est à l'origine de cette œuvre s'appelle Polina. Elle n'a pas voulu quitter Bălți pour Israël et a créé un petit centre de la Mémoire juive en périphérie de la ville, au numéro 5 de la rue Michka Pinchenzon. Depuis trois décennies elle essaie de convaincre les autorités de Bălți de se souvenir qu'ici ont vécu des milliers de Juifs avant la guerre, des familles dont les maisons ont été données par la suite à des ouvriers russes amenés là par Staline. Mais comment les autorités pourraient-elles se souvenir alors qu'elles-mêmes sont nées bien après la guerre et que les livres d'histoire, ceux des écoliers en particulier, ne mentionnent nulle part la présence de Juifs à Bălți ? Malgré tout, Polina a obtenu quelques petites victoires. Outre la stèle de Răuțel, financée par des Juifs d'Israël, des proches des familles massacrées, croit-elle, c'est elle qui a convaincu la mairie de donner le nom de Michka Pinchenzon à sa rue. Quand on vint l'arrêter avec ses parents, Michka prit son violon. C'était un enfant d'une dizaine d'années. On fit creuser leurs tombes aux Juifs puis on les fit s'agenouiller au bord des fosses avant de leur tirer une balle dans la nuque. Le petit assista à l'exécution de ses parents. « Et maintenant, lui demanda l'officier SS, veux-tu encore jouer du violon ? — Oui », répondit l'enfant. Il s'assit au bord de la fosse, au-dessus des suppliciés qui avaient roulé au fond et il commença à jouer l'*Internationale*. Alors l'officier, pris de colère, l'envoya rejoindre ses parents d'une balle dans la tête. C'est ainsi que Polina raconte son histoire, avec un pâle sourire, comme on transmet un conte pour les enfants, ou une légende.

8 juillet 1941 – « À Mărculeşti (département de Soroca, en Bessarabie), écrit le magistrat instructeur dépêché sur place à la fin de la guerre, les troupes d'occupation roumaines rassemblent tous les habitants juifs – hommes, femmes et enfants – à la lisière

de la commune. Déclarés otages dès les premières heures de l'opération, dix-huit d'entre eux, des notables, sont mis à mort, dont le rabbin de la communauté. Suit un massacre de grande ampleur, au cours duquel mille Juifs sont fusillés. Ils seront ensevelis dans des tranchées antichars creusées en bordure de Mărculeşti.

« Mărculeşti était une colonie agricole juive fondée par la Jewish Colonization Association (JCA), une société juive par actions créée à Londres en 1891 dans le but d'aider les Juifs à quitter les pays où ils étaient persécutés. En temps normal, deux mille trois cents Juifs y vivaient, ainsi que deux cents Roumains environ, qui assuraient l'administration du lieu (mairie, fiscalité, gendarmerie, etc.).

« La veille, après le départ des troupes soviétiques et avant l'arrivée des militaires roumains, les habitants, appuyés par d'autres villageois, avaient dévasté et pillé les maisons juives. »

Nous roulons vers Mărculeşti. Le massacre des Juifs commis dans cette ville est mentionné dans le « document n° 17 » de l'acte d'accusation « contre les criminels de guerre Ion Antonescu et ses ministres ». S'y ajoute le témoignage de Ruth Glasberg Gold, déportée de Czernowitz avec des centaines d'autres Juifs et dont le cortège entre à Mărculeşti à l'automne 1941. « Sales, morts de faim et épuisés, écrit-elle, nous tenions à peine sur nos jambes. On nous a alors ordonné de nous mettre en colonne et nous avons dû marcher dans la boue jusqu'à la petite localité bessarabienne de Mărculeşti. Quand nous nous sommes approchés, j'ai entendu des gens pousser des cris dans la colonne, mais je n'avais rien vu. C'est en entrant dans la ville que j'ai compris : des gens s'étaient enlisés dans une fosse pleine de cadavres – des hommes, des femmes et des enfants jetés les uns sur les autres. La rumeur disait qu'il s'agissait de Juifs locaux massacrés. Plus d'un millier avaient été fusillés et partiellement ensevelis. »

Depuis, la fosse a été recouverte d'une dalle de ciment sur laquelle on peut lire :

VESNICA POMENIRE EVREILOR
OMORATI DE FASCISTI ANII
1941-1944
(*Que les Juifs assassinés par les fascistes restent dans nos mémoires*)

Une barrière métallique portant l'étoile juive peinte en bleu pâle entoure le site.

Nous n'avons pas eu trop de mal à le découvrir, Mărculeşti est restée une petite ville dont on fait rapidement le tour.

Le paysan qui habite à proximité nous confirme qu'il y avait bien des Juifs par ici, mais il ne saurait dire qui les a tués, si ce sont des Russes ou des Allemands.

« Dis-lui que ce sont des Roumains, Lucian, s'il te plaît. »

Non, le paysan ne le croit pas : pourquoi les Roumains auraient-ils tué les Juifs de Mărculeşti ? Mais alors il se souvient que la directrice du lycée est juive – « Allez donc le lui demander », dit-il.

Comme nous cherchons le lycée – le Gimnaziul Vasile Alecsandri –, nous tombons par hasard sur le cimetière juif qui se trouve juste en face de l'établissement, de l'autre côté de la route. Toutes les stèles sont de travers, certaines carrément renversées, ici et là on a fouillé les sépultures et des chiennes et leurs petits, des portées de rats également, s'y sont installés pour se protéger du froid et d'une fine pluie glacée qui commence à tomber.

La directrice du Gimnaziul se prénomme Svetlana. Elle est arrivée à Mărculeşti en 1995 parce qu'elle a épousé un homme de la région. Au début, elle a enseigné l'histoire, puis elle a été nommée directrice. C'est petit à petit qu'elle a découvert que des Juifs avaient vécu ici, et en particulier grâce au cimetière. C'était tout de même étonnant ce terrain vague hérissé de pierres. À force de le considérer depuis ses fenêtres elle est allée s'y promener, a repéré les inscriptions en hébreu et a commencé à interroger les citadins ici et là.

« Seulement les gens ne voulaient pas trop parler, voyez-vous, parce que la plupart habitent aujourd'hui les maisons des Juifs, je l'ai compris par la suite, et que certaines familles ont participé au pillage et à la tuerie.

— Mais peut-être aussi parce que vous êtes juive, non ?

— Ah mais je ne suis pas juive ! s'est-elle exclamée. Qui vous a dit que j'étais juive ?

— Un paysan, là-bas.

— Eh bien, voyez, comme je suis la seule à m'intéresser aux Juifs, me voilà juive ! »

Elle s'est fait connaître des citadins (défavorablement, pense-t-elle) en s'opposant au maire qui voulait raser le cimetière pour construire un parc d'attractions. Par Internet, elle a retrouvé l'histoire de la communauté juive de Mărculeşti, a pu entrer en contact avec quelques lointains cousins des disparus, aujourd'hui installés en Israël, et c'est ainsi que les gens de Mărculeşti ont pu assister au retour de certaines familles juives venues exhumer les dépouilles des leurs pour les enterrer chez eux.

Comme nous ne trouvons pas de chambre à Mărculeşti, nous partons le soir même en direction de Soroca. La ville est au bord du Dniestr, sur la rive d'en face c'était la Transnistrie (aujourd'hui l'Ukraine).

Nous avons bu un café avant de prendre la route et j'ai profité de ce moment pour relire les « Instructions » du colonel Meculescu, en date du 11 septembre 1941, sur l'évacuation des 22 150 Juifs de

Soroca « au-delà du Dniestr », c'est-à-dire vers la mort.

« Les Juifs seront répartis par groupes de 1 600 personnes maximum, enfants inclus… écrit le colonel. Le rythme de marche devra être de 30 kilomètres par jour… Les officiers des différents camps et leurs hommes se chargeront de l'escorte », etc. Parmi les noms des officiers je n'ai pas pu m'empêcher de vérifier une fois de plus que ne figurait pas celui de mon grand-père. À cause de ces mots, je crois, « enfants inclus », auxquels je voudrais pouvoir ne plus penser. Les convois s'ébranlent à l'heure dite, mais rien ne se passe comme l'a prévu le colonel Meculescu. Bientôt, racontent des témoins, « les routes furent couvertes de cadavres » qui ralentissaient la marche et, sur le trajet, contrairement aux instructions, « des soldats vendaient aux paysans tel ou tel déporté un peu mieux vêtu que les autres, lequel était aussitôt abattu par ses acheteurs et dépouillé de tout ce qu'il portait sur lui ».

« Cela m'est indifférent que nous entrions dans l'Histoire comme des barbares », avait prévenu Mihai Antonescu, le vice-président du Conseil.

La nuit est tombée depuis longtemps. Lucian conduit et, par chance, il ne pleut plus. À Soroca j'ai réservé par Booking un hôtel au bord du Dniestr. Je les ai bien tous examinés et j'ai choisi le plus luxueux, le plus cher.

« L'autre nuit, j'ai allumé la petite veilleuse et je t'ai regardé dormir, dis-je subitement. Tu étais joli, on aurait dit un ange. J'ai eu très envie de te faire mal.

— Ah bon, mais pourquoi ?

— *Ah bon, mais pourquoi ?* On dirait Arthur. Tu es aussi bête que lui, ma parole !

— Tu ne l'aimes plus ?

— Je ne l'ai jamais aimé, je voulais juste lui piquer sa bagnole.

— Idiote ! Le soir où vous dîniez ensemble à l'hôtel, tu l'aimais. Je t'ai bien regardée, Adèle, tu l'aimais.

— C'est ça, oui, je l'aimais, et c'est pour ça que je t'ai sauté dessus deux heures plus tard dans la lingerie, pauvre tarte.

— Pourquoi tu deviens méchante tout d'un coup ? Qu'est-ce que je t'ai fait ?

— Tu ne m'as rien fait, justement, tu es là tout gentil et bien poli. Je te déteste.

— Dis-moi ce que tu veux, Adèle. Je ne comprends pas…

— "J'ai été élevée seule et, aussi loin que je me le rappelle, j'étais anxieuse des choses sexuelles."

— Pourquoi tu me dis ça, là, maintenant ?

— Ce n'est pas de moi, c'est de Bataille. Georges Bataille, un écrivain. Tu l'as peut-être étudié à l'école, non ? Sans lui je me serais sûrement tuée tellement je me trouvais foldingue, et *méchante*, comme tu dis.

— Non, je ne sais pas qui est Bataille.

— Moi je l'ai étudié. En seconde. Un soir, je suis allée sonner à la porte du professeur et je lui ai dit que je voulais être Simone, la fille du livre de Bataille, tandis que lui ferait le garçon. Celui qui dit à un moment : "Il me vint à l'idée que la mort était la seule issue de mon érection." Tu as déjà pensé une telle chose, toi, Lucian, en regardant ta bite ? Moi, oui, que la mort était la seule issue à tous mes désirs, parce que mes désirs étaient déjà affreux, comme de te faire mal l'autre nuit, tu comprends ? Apprenez-moi à faire l'amour, ai-je supplié mon professeur, et je vous sauverai. Non, je rigole, je ne l'ai pas dit comme ça, mais je lui ai vraiment demandé de m'apprendre. J'avais seize ans et lui à peu près ton âge. Il m'a montré tout ce qu'on pouvait faire avec une bite, j'ai regretté de ne pas en avoir une, et d'ailleurs je le regrette toujours, mais c'est lui le premier qui m'a révélé que dans l'amour – dans "l'extase", il a employé le mot "extase" – j'avais la beauté d'une ondine. Tu sais ce qu'est une ondine, Lucian ? Non, bon, ça ne fait rien, tu regarderas dans le dictionnaire. À partir de ce moment-là j'ai imaginé que seule la jouissance, "l'extase", ce moment si court où l'on ne s'appartient plus, me permettrait d'échapper à la fille mauvaise et cinglée que je suis. Un jour, nous avons fait l'amour dans sa salle de bains, debout devant la glace, lui derrière moi, tu vois ? Si tu ne vois pas je te ferai un dessin ce soir. J'ai eu l'idée d'ouvrir les yeux et de me regarder au moment de jouir, et je me suis trouvée belle, complètement différente de l'affreuse adolescente en colère que je croisais tous les matins. "J'avais raison, ai-je dit à mon professeur, il existait bien pour nous deux une autre issue à nos érections que la mort."

— Tu me fais peur, Adèle.

— Bien sûr que je te fais peur. Je faisais déjà peur à Arthur et j'ai arrêté pour ne pas le perdre. Si tu n'étais pas si bête, ce soir on jouerait ensemble la scène de la confession de Simone – ah oui, mais il faut être trois... Tu veux que je te la raconte quand même ? Simone et le garçon du livre entrent dans une église. Ils s'assoient et chuchotent. Elle lui dit de bien regarder ce qu'elle va faire, puis elle se lève et va s'agenouiller dans le confessionnal pour avouer ses péchés. "Mon père, je n'ai pas dit le plus coupable, murmure-t-elle à la fin. Le plus coupable est que je me caresse en vous parlant." Alors elle se redresse pour montrer sa chatte mouillée au curé. "Est-ce que tu te branles, toi aussi ?" lui demande-t-elle. Et comme il ne répond pas, elle sort, ouvre la porte du confessionnal, soulève la soutane de l'abbé, s'agenouille et le prend dans sa bouche – car bien sûr il bandait. Devant les fesses offertes de Simone le garçon du livre n'y tient plus, il se lève à son tour, et je te laisse deviner ce qu'il fait à son amie.

— ...

— Tu devines, ou tu veux que je te le dise ? »

Je ris, mais je n'ai plus envie d'être méchante.

« Lucian, tu ne t'es jamais demandé pourquoi nous sommes pris de vertige, comme si nous étions au bord d'un précipice, à l'instant où nous pénétrons l'autre, ou à l'instant où nous sommes nous-mêmes pénétrés ? Moi je me pose la question depuis la première fois que j'ai joui et je crois avoir trouvé la réponse : nous avons le vertige parce que nous sommes sur le point d'échapper à la prison de notre corps. C'est une illusion, hein, ça ne sera jamais qu'une pauvre tentative pour sortir de soi-même, mais cette illusion fait de chacun de nous une personne qui espère, qui attend quelque chose, une meilleure personne finalement. Enfin, c'est ce que je crois. Tout cela pour te dire que si tu me baises bien, et si tu m'aimes aussi, tu vas peut-être me sauver. »

Le lendemain, nous passons une grande partie de la journée à faire l'amour et le soir nous sortons nous promener dans Soroca. La lumière décline, l'eau est gelée dans les caniveaux, il fait un froid polaire. Nous nous sommes engagés dans une rue étroite quand soudain nous tombons sur une synagogue.

« Oh, regarde ! » dit Lucian.

C'est une longue bâtisse marquée de l'étoile juive au-dessus de la porte d'entrée. Les volets fermés sont protégés par des croisillons de bois. « *Centrul societății de cultură evreiască* », est-il indiqué sur la façade.

La rue est déserte. Nous sommes là depuis un moment à nous demander depuis quand cet endroit est fermé, quand une femme surgit, traînant un caddie.

« Oh, s'exclame-t-elle joyeusement, en vous apercevant tous les deux, j'ai pensé que les Juifs étaient de retour ! »

La dernière femme juive du quartier est morte il y a cinq ans, dit-elle, et c'est à ce moment-là que la ville a fermé la synagogue et barricadé les fenêtres.

« Les Juifs ne nous dérangeaient pas, poursuit-elle, et pourtant, voyez, ils sont tous partis, il n'y en a plus.

— Vous les regrettez ?

— La vieille dame était une amie, je lui faisais quelques courses, on bavardait, c'était sympathique… "Qu'est-ce qu'ils avaient contre nous, ces Allemands ?" elle me demandait toujours. "Pourquoi ils nous détestaient ?" Et c'est vrai qu'aujourd'hui encore nous ne comprenons pas : comment peut-on haïr des gens qui ne vous ont fait aucun tort au point de les tuer ?

— Parce que les Allemands ont tué beaucoup de Juifs, ici, à Soroca ?

— C'est ce que m'a raconté le directeur de la forteresse. Vous pourriez aller le voir si ça vous intéresse, il est très aimable et il connaît beaucoup de choses.

— Oui, nous avons aperçu la forteresse au bord du Dniestr.

— Voilà, eh bien vous entrez et vous le demandez, il parle volontiers. Lui prétend que les Allemands ont tué beaucoup de Juifs, là-bas, sur la berge. Oh, tout ce qu'il décrit est affreux ! Je préfère vous mettre en garde.

— Merci. C'est très gentil.

— Mais vous ne m'avez pas dit d'où vous veniez ? Votre femme n'est pas allemande, au moins ?

— Non, Adèle est française mais elle n'est pas ma femme, et moi je suis moldave, de Bălţi.

— Vous êtes guide ? Vous travaillez pour une agence de tourisme ?

— Voilà, oui, parce que madame ne parle pas le russe.

— Eh bien… moi qui vous prenais pour de jeunes mariés ! En tout cas ce fut un plaisir. Et maintenant je vais rentrer me mettre au chaud. »

C'est à Iampol, un village aux portes de Soroca, que les convois de Juifs franchissaient le Dniestr pour entrer en Transnistrie. Et c'est également à Iampol, en empruntant des barges, que la 11e armée allemande du général von Schobert a dû traverser le fleuve en dépit des Juifs, avec ses chars d'assaut, ses camions, ses command-cars, ses ambulances, ses canons, ses cantines, ses motos, pour poursuivre son offensive vers le front russe.

Le 30 juillet 1941, le chef d'état-major du général von Schobert fait part de son exaspération au grand état-major roumain : les troupes allemandes sont dramatiquement ralenties par la présence de tous ces Juifs sur les deux rives du fleuve. « À Iampol, aux différents points d'embarquement, écrit-il, se trouvent à l'heure actuelle plusieurs milliers de youpins, dont des femmes, des enfants et des vieillards. La surveillance de ces masses n'est pas assurée, pas plus que la nourriture. Beaucoup ont commencé à mourir de faim. Le risque de voir éclater des épidémies s'accroît. Le commandement allemand a donc pris des mesures pour empêcher que de tels transferts ne se reproduisent. »

Les hommes de l'Einsatzgruppe D du commandant Ohlendorf, chargés d'exterminer les Juifs à l'arrière de la 11e armée, notent eux aussi avec consternation, me semble-t-il, que « les Roumains s'amusent délibérément à faire aller et venir les Juifs, à la suite de quoi on voit de fragiles vieillards et des femmes s'effondrer dans la boue et les déjections ».

Ce n'est pas la première fois que les officiers allemands reprochent à leurs homologues et alliés roumains leur désinvolture dans le traitement des Juifs. Déjà, deux semaines plus tôt, le 14 juillet 1941, le major Ranck, de la 11e armée, s'est plaint auprès de l'état-major roumain de la façon dont des Juifs, qui fuyaient la ville de Bălţi, ont été assassinés. Il joint, en annexe de son rapport, le témoignage de deux femmes survivantes de cette tuerie, témoignage recueilli et retranscrit par un sous-officier allemand :

« Environ quarante Juifs, écrit ce militaire, sont tombés sur une vingtaine de soldats roumains isolés, dont le plus haut gradé était un caporal. Sur leur ordre, les Juifs arrêtés ont dû leur remettre de l'argent, des objets de valeur, des charrettes chargées de vêtements et de couvertures. Ils ont ensuite été sommés de se mettre en colonne et d'avancer, dans un ordre approximatif, vers un terrain marécageux. Quelque trente minutes plus tard, on leur a ordonné de s'allonger dans les marécages et les soldats ont tiré sur eux. Les soldats ont ensuite poursuivi leur route sans se soucier des morts ni d'éventuels blessés (dont les deux femmes qui ont réussi à se traîner hors des marécages). »

Fort de ce document, le major Ranck écrit : « Le comportement de certains représentants des troupes roumaines, mis en évidence dans le présent témoignage, porte préjudice au prestige des troupes roumaines et allemandes face à l'opinion internationale. Nous demandons une fois de plus, et de façon urgente, que les mesures les plus sévères soient prises dans le cadre des troupes roumaines afin que des incidents de ce type ne puissent en aucun cas se reproduire. »

Sur ordre du général von Schobert, le transfert des Juifs vers la Transnistrie est momentanément interrompu. Ceux qui ont pu traverser le Dniestr sont refoulés sur la rive occidentale et ceux de cette dernière, qui attendaient pour traverser, sont dispersés sans ménagement pour laisser passer les troupes allemandes. Des centaines de Juifs, abandonnés à eux-mêmes, condamnés à errer sans abri ni nourriture, meurent à proximité du fleuve. « Il est impossible, témoignera un survivant, de décrire le spectacle de ces gens consumés par la fièvre typhoïde, se traînant dans la boue, ou de ces mères portant dans leurs bras des nourrissons agonisants. »

À la suite de ces « désordres », l'ambassadeur du Reich à Bucarest, le baron Manfred von Killinger, se permettra d'écrire à Mihai Antonescu pour lui conseiller « de ne procéder à l'élimination de l'élément juif que d'une façon lente et systématique ». On comprend qu'il n'est pas reproché aux Roumains d'assassiner les Juifs puisque les hommes de l'Einsatzgruppe D ne font que cela toute la journée, mais de le faire salement, et en particulier de ne pas les enterrer après les avoir laissés mourir de faim, ou les avoir tués d'un coup de fusil, prenant ainsi le risque de voir « éclater des épidémies », comme l'écrit justement le chef d'état-major du général von Schobert, épidémies qui pourraient affecter le soldat allemand comme le roumain, et ainsi nuire à sa combativité. Sans compter que cette façon de faire des Roumains, pour le moins brouillonne, risque en effet de nuire au « prestige » des troupes roumaines et allemandes dans l'opinion internationale, comme le relève le major Ranck.

Nous passons une partie de l'après-midi sur la berge de Iampol, déserte en ce mois de janvier glacial. À plusieurs reprises, dans notre chambre d'hôtel, je me suis surprise à rire nerveusement en lisant les commentaires des dignitaires allemands, n'en croyant pas mes yeux, encore une fois, et du coup je me suis mise à chercher ce qu'étaient devenus tous ces hommes épris d'ordre et de « prestige ».

Je n'ai rien trouvé sur le major Ranck, mais j'ai appris que le général Eugen von Schobert n'a survécu que six semaines à sa traversée du Dniestr : il est mort le 12 septembre 1941 dans la chute de son avion de reconnaissance (un petit Fieseler Storch, pour ceux qui s'intéressent aux avions), au-dessus de Mykolaïv, en Ukraine. Il avait cinquante-huit ans et était père de trois enfants.

Manfred von Killinger, lui, s'est suicidé le 2 septembre 1944, juste avant l'entrée de l'Armée rouge dans Bucarest. Il avait également cinquante-huit ans, mais il en fait dix de plus sur ses dernières photos, et je n'ai pas réussi à savoir s'il avait des enfants.

Quant à Otto Ohlendorf, le commandant de l'Einsatzgruppe D, promu général de corps d'armée SS, il a été condamné à mort à Nuremberg en avril 1948 et pendu le 8 juin 1951. Il avait alors quarante-quatre ans et était père de cinq enfants. « Combien de Juifs votre groupe a-t-il tués ? lui demande le psychiatre Leon Goldensohn. — Quatre-vingt-dix mille déclarés. Ces Juifs se tenaient debout, alignés, on les exécutait à la manière militaire. Je veillais à ce qu'il n'y ait pas d'atrocités ni de brutalités. » « Que ce soit fait aussi humainement que possible », ajoute-t-il. Et à cet instant on comprend qu'Ohlendorf ait pu être choqué par la façon très peu « militaire », finalement, dont les Roumains assassinaient les Juifs.

J'ai emporté avec moi sur la berge le livre d'Appelfeld qui, lui aussi, a dû traverser à Iampol pour entrer en Transnistrie, tenant toujours la main de son père. « Durant la guerre, écrit-il, je suis allé dans des centaines de lieux, de gares, de villages perdus, près de cours d'eau. Chaque lieu avait un nom. Je n'en ai aucun souvenir, ne serait-ce que d'un. Les années de guerre m'apparaissent tantôt comme un large pâturage qui se fond dans le ciel, tantôt comme une forêt sombre qui s'enfonce indéfiniment dans son obscurité, parfois encore comme une colonne de gens chargés de ballots, dont quelques-uns tombent régulièrement et sont piétinés.

« Tout ce qui s'est passé s'est inscrit dans les cellules du corps et non dans la mémoire. Les cellules, semble-t-il, se souviennent mieux que la mémoire, pourtant prédestinée à cela. De longues années après la guerre, je ne marchais ni au milieu du trottoir ni au milieu de la route mais je rasais les murs, toujours dans l'ombre et toujours d'un pas rapide, comme si je fuyais. Je ne suis pas enclin à pleurer en général, mais des séparations insignifiantes me font sangloter violemment. »

Et voilà qu'arrive pour nous le moment de partir pour Moguilev. Je suis émue, comme si j'allais pouvoir entrer dans le livre de Hilsenrath, sans lui malheureusement, et croiser les ombres de tous ses personnages, les épier silencieusement, car bien sûr ils ne sont plus que des fantômes, tous disparus tant d'années après – Ranek, que l'on accompagne de bout en bout, la trentaine, rusé et cynique, Betti, la prostituée qui parfois peut être généreuse, le coiffeur homosexuel, obséquieux avec les nantis et sans pitié pour les miséreux, son chéri, « l'ondulé », un adolescent que le coiffeur dégoûte mais qui lui accorde néanmoins ses faveurs contre du pain et parfois une poire, Itzig Lupu, le cafetier, que l'appât du gain maintient en bonne santé, mais aussi Sarah, dont Ranek parvient à voler la petite culotte, après l'avoir violée, pour courir l'échanger au marché noir contre deux pommes de terre, mais aussi Fred, le frère de Ranek, premier à succomber au typhus, et encore Deborah, la veuve de Fred, dont Ranek est secrètement amoureux, Dvorski qui a l'art de repérer les dents en or dans la bouche des agonisants, le docteur Hofer, Daniel, le policier juif, et d'autres encore.

Lucian n'a pas lu *Nuit*.

« Je vais juste te lire une scène, Lucian, tu veux bien ? »

À ce moment-là nous finissons notre petit-déjeuner.

« C'est un dialogue entre Ranek et Deborah, sa belle-sœur. Écoute bien.

« "Tandis qu'ils traversaient le ghetto nocturne, des cloches retentirent au loin. Minuit. Les cloches se turent, mais l'écho résonna longtemps à leurs oreilles. Il leur semblait planer mystérieusement au-dessus de la zone désolée, au-dessus du fleuve noir, au-dessus des rues désertes.

« "'Ça vient de l'autre côté de la ville, dit-il. Celle qui nous est interdite. Il ajouta à voix basse : Dommage qu'on n'ait pas ça chez nous… je veux dire… un carillon.

« "— Il n'y a même plus de maisons ici, et tu voudrais qu'il y ait un carillon.

« "— Quand j'entends l'heure sonner, je sais que je vis encore…

« "— Mais nous l'entendons sonner !

« "— Pas toujours… là oui… tout est si calme.

« "— C'est calme, très calme.

« "— Ce matin, j'ai entendu les cloches de l'église, chuchota-t-il. Elles sonnent toujours le dimanche. Elles sont plus fortes. On les entend jusqu'à l'asile de nuit.

« "— L'église… de l'autre côté de la ville ?

« "— Non, il n'y a plus d'église là-bas.

« "— D'où venaient ces cloches ?

« "— De l'autre côté du Dniestr.

« “— Qu’est-ce qu’il y a là-bas… Une ville ? Un village ?

« “— Un village. On ne peut pas le voir. Il est caché derrière les collines.

« “Elle allait lui demander Comment s’appelle ce village ? quand Ranek s’arrêta net. Quelqu’un vient ! chuchota-t-il. Il sortit de sa torpeur, attrapa le bras de Deborah et, trébuchant dans le noir, l’entraîna de l’autre côté de la rue. Saute ! chuchota-t-il. Ils descendirent dans le fossé et se couchèrent à plat ventre pour ne pas être vus.”

« Lucian, ce village de l’autre côté du Dniestr où sonnent les cloches, c’est Otachi. Et c’est par Otachi, qui est en Moldavie aujourd’hui, que nous allons entrer à Moguilev qui était alors en Transnistrie, sur la frontière. Tu m’écoutes, mon chéri ? »

Pour aller à Moguilev, la dame de l’hôtel nous a conseillé de faire le détour par Drocia pour rejoindre la nationale, car la route qui suit le Dniestr, de Soroca à Otachi, est impraticable, selon elle. Oui, oui, d’accord, merci, mais naturellement nous ne suivons pas son avis, nous voulons rouler à proximité du fleuve.

« Une nuit, écrit Hilsenrath dans *Les Aventures de Ruben Jablonski*, son autobiographie, nous avons atteint le Dniestr. Nous avons campé sur la berge, et, le lendemain matin, on nous a transportés de l’autre côté à l’aide de bacs et de radeaux. »

Je veux que nous fassions comme Hilsenrath et, arrivés à Otachi, je cherche un endroit accessible sur la berge du fleuve pour y garer la Volvo.

« Nous allons dormir ici, Lucian, les sièges s'abaissent, j'ai des couvertures dans le coffre, tu te serreras contre moi si tu as froid, et demain matin seulement nous franchirons le Dniestr pour entrer dans Moguilev. »

Mais il est encore tôt et nous partons à pied nous promener dans Otachi. Ce n'est plus tout à fait un village comme en 1941, les communistes ont construit ici et là quelques blocs sinistres, dont le béton s'effrite, et ils ont oublié sur la place centrale, en face de la mairie, une haute statue de Lénine qui ne montre pas la direction, pour une fois, mais tend modestement la main droite comme s'il voulait saisir la nôtre ou recevoir un euro ou deux pour rester propre. Des tas d'hommes, et parfois de couples, tournent en rond dans le bourg à bord de vieilles Lada aux flancs maculés de boue et l'on devine à leurs yeux pleins de fièvre combien les affaires doivent être avantageuses, ici, à Otachi, avec la frontière toute proche. Ah, et voilà l'église dont Ranek entendait sonner les cloches.

Le lendemain matin nous franchissons la frontière, le poste est implanté sur le pont qui enjambe le Dniestr et qui n'existait pas au temps de Hilsenrath. À moins… à moins que si, peut-être, car ce pourrait bien être le pont d'où les soldats roumains éclairaient la grève pour traquer les sans-abris – « Ils n'osaient pas bouger ; même les tout-petits se tenaient immobiles, comme hypnotisés ».

Au moment d'entrer dans Moguilev, j'ai le cœur qui cogne si fort, je suis si bouleversée que j'oublie de demander pardon à Edgar Hilsenrath comme je m'y étais engagée.

Mais je veux relire ce qu'il dit de sa première vision de Moguilev, et je me gare sur le trottoir.

« Moguilev-Podolski… un gigantesque champ de ruines, image de la dévastation, écrit-il. Nous avons pris peur en arrivant sur l'autre rive du Dniestr. C'était donc ici, au milieu des ruines, que nous allions vivre. Le premier jour, nous avons campé en rase campagne. Le lendemain, on nous a entassés dans le cinéma russe. L'immense salle était pleine à craquer, mais nous avons fini par trouver une place parmi les déportés. Nous, c'est-à-dire ma mère, mon frère, le grand-père, ma tante Jenny et mon oncle Moscu, plus quelques amis de la famille venant aussi de Siret. Le jour suivant nous sommes partis pour le ghetto, secteur isolé réservé aux Juifs. Au début, on pouvait passer d'une partie de la ville à l'autre, ensuite, on nous a interdit de sortir du ghetto sous peine de mort. »

Ce que nous voyons, Lucian et moi, c'est une ville pimpante d'Ukraine aux façades colorées, aux toits vernissés par le gel et luisant ce matin-là sous le soleil d'hiver, hérissée d'antennes et de poteaux télégraphiques.

« Nous allons faire un premier tour », dis-je tout bas, comme si nous aussi étions menacés.

À la façon dont Lucian me regarde, je devine que lui est simplement en voyage, un jour de janvier 2019, tandis que moi je vais entrer dans le ghetto de Moguilev sur les traces d'Edgar Hilsenrath, ou plutôt de Ranek, puisque c'est à travers les yeux de Ranek, deux fois plus âgé qu'Edgar, que j'ai découvert comment les Juifs ont survécu, puis se sont éteints petit à petit dans d'indicibles souffrances, dans les ruines et les fossés de cette ville dévastée par les combats que se sont livrés Allemands et Russes au début de l'été 1941.

D'abord nous glissons silencieusement entre les arbres dénudés d'une avenue élégante car j'ai décidé de longer le fleuve sur notre droite, et durant un instant je me dis que le quartier doit être bien agréable au printemps avec la grève toute proche pour s'allonger et prendre le soleil. « Retournez donc la terre à cet endroit, nous dira bientôt Samuel Rosenthal, et vous trouverez des ossements. » La circulation est inexistante, les maisons cossues, on se croirait à Neuilly, à proximité de la Seine. Et c'est ainsi que nous débouchons sur une large place où des hommes emmitouflés fument et bavardent aux terrasses des cafés. La mairie occupe un angle de la place et dans l'angle opposé quelques boutiques de luxe attirent le regard. À partir d'ici, la ville semble s'animer, des voitures surgissent de partout et, comme je m'engage dans la circulation, je vois que nous longeons bientôt un vaste marché fait de petites baraques en tôle ondulée où l'on vend à la fois des fruits et légumes, de la vaisselle, des vêtements, des produits de beauté, de la papeterie, des outils, des pneus, des pièces de voitures… Dans deux ou trois jours nous apprendrons qu'ici précisément était le ghetto et nous nous enfoncerons à pied entre ces baraques pour découvrir quelques ruines désormais abandonnées aux chiens et aux chats, mais ce premier matin je suis seulement surprise, puis bientôt déçue, de ne repérer aucune trace de ce que je cherche, que rien ne vienne faire écho à mon émotion : où se trouvaient donc le bordel où travaillait la petite Betti et les autres filles, le café d'Itzig, le salon de coiffure, le gourbi souterrain où Dvorski, s'il était de bonne humeur, pouvait accepter de vous céder un oignon ou deux contre une paire de savates éculées tout juste arrachées aux pieds d'un mort, ou d'un presque mort ?

Tout ce que je vois, ce premier matin, c'est une ville ordinaire d'aujourd'hui où les piétons se bousculent sur les trottoirs et où les autos se klaxonnent.

« S'il te plaît, Lucian, regarde si tu ne vois pas quelque chose qui ressemble à une librairie.

— Mais ici les livres sont en russe, tu ne pourras pas les lire.

— Je sais bien que les livres sont en russe, pauvre crétin, je veux acheter un plan de la ville sinon on va continuer à tourner comme ça sans rien comprendre… et je vais avoir un accident.

— Non, on va d'abord trouver un hôtel, poser les affaires, prendre un café et ensuite on cherchera un plan.

— Tu crois ?

— Oui. Passe-moi ton téléphone, je vais te guider. »

Pendant un moment encore je me laisse porter par la circulation, je ne sais pas où nous allons.

« Voilà, dit-il, j'ai trouvé un hôtel, à côté de la gare. Ce n'est pas un palace comme tu les aimes, mais il n'y a pas de Grand Hôtel à Moguilev. Tu vas continuer tout droit, on est dans la bonne direction. »

La fenêtre de notre chambre donne sur les voies ferrées.

« Ça ne va pas t'empêcher de dormir, le passage des trains, Adèle ?

— Non.

— J'ai demandé à la dame de la réception, elle dit que dans les petites papeteries du marché on devrait trouver un plan.

— Lucian, je ne comprends pas comment j'ai pu être aussi nulle. Hilsenrath était vivant, ils étaient tous vivants pendant que j'étais comme une conne à

Paris. J'aurais pu travailler avec eux, être à Iampol avec Appelfeld, ici, à Moguilev, avec Hilsenrath, c'était ça le sens de ma vie, bien sûr, je ne suis pas française, je suis roumaine, merde ! Et j'ai attendu d'avoir trente-quatre ans pour le découvrir. Je devrais tout savoir de cette ville, connaître l'emplacement du ghetto, le nom des rues en 1941, c'est mon histoire, la seule qui aurait dû compter à mes yeux, et regarde-moi, j'en suis à chercher un plan de la ville comme une imbécile de touriste. J'ai honte, je me dégoûte, j'ai envie de pleurer.

— …

— Pendant des années je n'ai rien su de ce qui s'était passé ici, je pensais que seuls les Allemands avaient exterminé des Juifs, je ne savais pas que nous aussi, et avec cette désinvolture, cette abjection propre aux Roumains, n'est-ce pas, en les volant, en les vendant, en s'amusant de les voir tomber d'épuisement dans la boue et s'y noyer – les enfants, les vieux, les malades… au point de choquer ce bienfaiteur de l'humanité qu'était Ohlendorf. Les salauds ! Les Allemands ont demandé pardon, on ne leur pardonnera jamais, qui pourrait pardonner à ceux qui ont inventé Auschwitz ? Mais au moins ils ont demandé pardon, tandis que nous on feint carrément de ne pas savoir, ou d'avoir oublié. Ah bon, nous aurions tué des Juifs ? Quelques poignées seulement alors, mais c'était la guerre, n'est-ce pas, on ne fait pas d'omelette sans casser des œufs. Trois cent cinquante mille, dites-vous, et seulement pour la Bucovine et la Bessarabie ? “Très exagéré”, comme disait l’autre gros con, l’ami de mes parents, en se calant le cul dans son canapé. Et la dame, l’autre soir à Soroca : “Les Juifs ne nous dérangeaient pas, et pourtant, voyez, ils sont tous partis.” Comme c’est étonnant ! En abandonnant leurs maisons, leurs synagogues, tous leurs souvenirs – on se demande bien quelle mouche les a piqués ! Tu en connais, toi, des gens qui ont renoncé à tout ce qu’ils possédaient pour partir se promener du jour au lendemain ? Et s’évaporer, pour ainsi dire, car si on ne les a pas tués, où sont-ils passés ? Ils me dégoûtent, Lucian, mais je n’ai pas fait mieux qu’eux, j’ai perdu dix ans de ma vie à raconter dans mon journal les petits problèmes dérisoires des Français, à m’envoyer en l’air, et quand je me réveille enfin ceux qui auraient pu me dire la vérité sont tous morts.

— Viens sur le lit, dit-il, on va faire l’amour.

— Oui, mais avant je voudrais fumer une cigarette. »

Tout l’après-midi nous cherchons un plan. Le papetier du marché n’en a pas mais il pense que celui qui vend des fournitures de bureau et des cartes routières, dans le haut de la ville, à gauche après la station-service, en a peut-être. Il n’en a pas non plus, mais lui nous conseille d’aller voir à la librairie, derrière la mairie. Quand arrive le soir, nous avons traversé toute la ville à pied puisque la mairie est exactement à l'opposé de la gare et de notre hôtel. Oui, mais nous avons un plan de Moguilev en six exemplaires identiques – un vieux plan, des années 1990, quand le nouveau maire a cru opportun de parier sur le tourisme après la chute du communisme.

« Je crois qu'il doit m'en rester quelques-uns à la cave », nous a dit la libraire, une femme rayonnante et un peu enveloppée.

Quand elle est revenue avec les plans j'étais si heureuse que je l'ai embrassée. Nous avons ri.

« Je vous les prends tous, ai-je dit.

— Alors je vais vous faire un petit prix. »

Il n'y a pas eu de réédition de ce plan car les touristes ne sont pas venus à Moguilev en dépit des efforts de la mairie pour promouvoir la ville. Par exemple, un restaurant de luxe a été ouvert dans le parc et la mairie a eu l'idée de faire installer à l'entrée dudit parc un cœur écarlate énorme et des lettres blanches de la même dimension pour signifier au monde entier « J'♥ MOHYLIV-PODILKYI ». L'initiative a été saluée par la presse locale et par quelques-uns des trente mille habitants de Moguilev en âge de s'exprimer, mais elle n'a pas fait venir de touristes.

Nous dînons dans un de ces cafés de la place où nous avons vu les hommes emmitouflés fumer le matin même.

Après le repas, je repousse nos assiettes sales pour étaler le plan de la ville. Quand le garçon vient débarrasser la table, je fais signe à Lucian de le retenir.

« Demande-lui s'il sait où se trouvait le ghetto. »

« Ghetto ? » Le garçon n'a jamais entendu ce mot.

« On ne t'a pas dit que des Juifs ont été enfermés ici pendant la guerre ? insiste Lucian.

— Des Juifs ? Non. Ici, à ma connaissance, il n'y a jamais eu de Juifs. »

Mais le patron, qui s'est approché, le reprend.

« Par là-bas, dit-il, il y a un monument pour les Juifs. »

Il ne saurait pas dire ce que commémore ce monument, mais il peut nous montrer sur le plan où il se situe à peu près car il le voit chaque fois qu'il va consulter son comptable qui habite l'immeuble juste derrière.

En regagnant notre hôtel nous le cherchons et le trouvons. Il représente un couple qui entoure de ses bras une petite fille juive. Au premier regard, on pense que c'est une famille juive, mais en examinant la scène de plus près on constate que seule l'enfant porte l'étoile jaune, et même deux étoiles jaunes, l'une sur le cœur, l'autre au bras gauche, tandis que les deux adultes ont une croix autour du cou. En somme, le couple serait orthodoxe, ou peut-être catholique, et protégerait une petite Juive – voilà ce que l'on comprend.

Sous le bas-relief, une quarantaine de noms ont été gravés dans le marbre en caractères cyrilliques.

Le bruit des trains qui passent la nuit me remplit d'émotion. Il me rappelle que je suis à Moguilev, dans le livre de Hilsenrath, et que par cette gare sont arrivés ici des milliers de Juifs convoyés par nos soldats.

« Nous avons dû quitter les wagons en toute hâte, raconte l'un d'eux, le docteur Meir Teich, originaire de Suceava, en Bucovine. Les soldats qui supervisaient l'opération nous faisaient sentir depuis le début à quel point nous étions tombés bas. À leurs yeux, nous n'étions plus des êtres humains, mais des chiens galeux qu'on pouvait pousser et rosser de coups, et avec lesquels toutes les humiliations étaient permises. Les bagages devaient être jetés dans un fossé sur le bord de la route, puis recouverts de paille. La pluie mélangée à la neige nous transperçait les os et nous faisait trembler. Nous étions devenus un troupeau humain entouré de bêtes en armes. Même les vieillards et les malades devaient rester sous la pluie et il nous fallait éviter les cadavres laissés sur place par les déportés qui nous avaient précédés. Nul ne songeait à les enterrer. Deux de nos personnes âgées étaient d'ailleurs dans le coma, et il était probable que nous allions également les abandonner après avoir confié leur sort à ce Dieu qui nous avait lui aussi abandonnés. »

Tous ces déportés seront enfermés dans le ghetto où beaucoup mourront, tandis que les survivants partiront à pied jusqu'aux camps de la Transnistrie profonde. Mais où se trouve le ghetto ? Nous avons parcouru la ville, rien n'indique son emplacement et les quelques personnes que nous avons interrogées sur les trottoirs ne comprenaient pas de quoi nous leur parlions.

Le lendemain matin nous entrons à la mairie et demandons à voir quelqu'un.

L'homme est sympathique, il sait que la ville a été largement détruite par les Allemands, mais personne ne lui a jamais parlé d'un ghetto à Moguilev où il a pourtant grandi. Non, il ne connaît pas Edgar Hilsenrath – « Un écrivain juif, dites-vous, qui aurait passé trois années ici pendant la guerre ? Eh bien, c'est intéressant, en effet, je vais essayer de me procurer le livre ».

« Et vous venez de France… pour ce monsieur ?

— Pour retrouver le ghetto, oui.

— Je crains de ne pas pouvoir vous aider.

— Peut-être pouvez-vous nous indiquer si des Juifs vivent encore à Moguilev.

— Avant la guerre, la ville en comptait un grand nombre, là-dessus je pourrais vous avoir des chiffres.

— Avec plaisir. C'était le sens de ma question : peut-être certaines familles sont-elles restées… ou revenues ?

— Ah ça, je ne peux pas vous le dire… Mais j'y pense soudain, venez voir par là… »

Il nous prie de le suivre vers la fenêtre de son bureau qui surplombe l'esplanade des cafés où tous les retraités de Moguilev semblent se donner rendez-vous pour fumer.

« Vous voyez l'homme à la chapka avec l'écharpe bleue ?

— Parfaitement.

— Lui est juif. Je le sais parce que c'est un ami de l'ancien maire et qu'il a été question à un moment de donner son nom à une rue. Enfin, le nom de son père, Rosenthal, un médecin juif qui aurait sauvé des gens pendant la guerre.

— On peut aller le trouver de votre part ?

— Je ne préfère pas, mais vous pouvez l'aborder directement, dans mon souvenir il n'est pas désagréable. »

Ils sont quatre et boivent du café en fumant sans échanger un mot, à ce qu'il me semble. Je leur explique que je suis journaliste, que je devais venir à Moguilev avec un écrivain juif du nom de Hilsenrath pour écrire sur le ghetto, mais que Hilsenrath vient de mourir et que je cherche quelqu'un qui pourrait m'indiquer où se trouvait le ghetto pendant la guerre.

« Moi, je peux vous y conduire, dit doucement Rosenthal.

— Oh, vraiment ? À quel moment pourriez-vous ?

— Tout de suite si vous voulez. »

Et sans attendre il se lève, salue vaguement les trois autres et se met en route avec nous. Trois minutes plus tôt nous ne connaissions pas cet homme, et maintenant nous marchons silencieusement à son côté, Lucian entre nous pour assurer la traduction. Il a une tête de plus que mon amant, un visage émacié et des yeux très bleus qui pleurent avec le froid. Il va d'un bon pas, les mains dans les poches de son manteau, comme s'il était seul.

« On a demandé à plusieurs personnes mais aucune n'a su nous renseigner », dis-je, pour tenter d'engager la conversation.

L'espace d'un instant, j'ai le sentiment qu'il ne m'a pas entendue. Puis subitement il s'arrête et me sourit, comme s'il venait de trouver la bonne réponse.

« C'est indiqué, mais on ne peut pas le voir si on ne le sait pas. »

Puis il reprend sa marche.

« Mais vous, comment l'avez-vous su ? »

De nouveau, il semble ne pas avoir entendu. Puis de nouveau il marque le pas.

« Ma famille a vécu dans le ghetto, dit-il, avec le même sourire lumineux, la maison existe toujours, si vous avez le temps je vous la montrerai.

— Elle n'a pas été détruite pendant la guerre ?

— En partie seulement, nous avons pu la réparer.

— Et c'est dans cette maison que vous avez grandi ?

— Voilà, oui. Je suis né après la guerre, en 1947, mais j'ai le souvenir que beaucoup de maisons étaient encore effondrées dans notre rue quand j'étais enfant. »

Il repart, nous marchons en direction du marché, mais déjà un début de dialogue nous attache.

Puis soudain il s'arrête, à une trentaine de mètres des premiers étalages, et désigne du doigt, largement au-dessus de nos têtes, un minuscule bas-relief en plomb fixé sur le mur d'angle d'une maison. En le photographiant avec mon téléphone puis en grossissant l'image je vois que l'artiste a représenté quatre groupes différents de déportés : une femme seule avec un enfant ; deux hommes avec trois enfants ; un couple de religieux, la femme est voilée, l'homme porte le chapeau traditionnel et la barbe, accompagné de trois enfants ; enfin, deux hommes âgés avec trois enfants de nouveau.

« L'entrée du ghetto était ici, dit M. Rosenthal, à la place exacte de cette maison qui n'existait pas.

— Je compte dix enfants pour sept adultes, dis-je en lui montrant la photo sur mon téléphone.

— Oui, les enfants étaient nombreux et ils mouraient plus soudainement que les adultes. Mon père disait qu'il les voyait en train de jouer un jour et que le lendemain matin il les trouvait morts. Il était médecin. Ils étaient deux médecins dans le ghetto, mais ils n'avaient rien pour soigner les gens, aucun médicament.

— Deux, comme dans le roman de Hilsenrath, dis-je.

— Ah, l'écrivain dont vous parliez tout à l'heure… Son nom ne me dit rien, il a vraiment vécu ici ?

— Trois ans, il avait quinze ans en arrivant, votre père l'a peut-être connu. Vous voulez bien qu'on aille prendre un café ? »

Il raconte que ses parents n'ont pas été déportés à Moguilev, ils y habitaient déjà avant la guerre. Puis le ghetto a été créé et leur maison s'est trouvée par hasard à l'intérieur de l'enceinte – « Une grande chance, dit-il, car ainsi ils ont pu continuer à vivre chez eux, même si une partie du toit avait été détruite ». Par la suite, les autorités roumaines ont dû penser que le fait de laisser un médecin dans le ghetto, et même deux, pourrait témoigner de leur humanité si d'aventure les choses tournaient mal, car ni le docteur Rosenthal ni son confrère n'ont été exilés plus à l'est, dans les camps. On les a laissés à Moguilev tenter d'apaiser les souffrances des mourants sans autres traitements que leurs mots de réconfort.

Tandis qu'il parle de son père, je repense au portrait que dresse Hilsenrath du docteur Hofer – et s'il s'était inspiré du docteur Rosenthal ? Ranek le croise une nuit dans les rues du ghetto. L'inconnu porte une serviette en cuir, ce qui n'est pas banal, une serviette qu'il presse contre un manteau élimé, mais un manteau tout de même. Sa cravate vole dans le vent et lui gifle le visage. « Vous n'avez pas l'air dans la mouise, remarque Ranek. Vous avez quoi dans ce sac ? — Des instruments et quelques pansements. Je suis médecin. — Vous revenez d'une visite ? — Oui. — C'était quoi ? — Typhus. Il n'y a pas grand-chose à faire. — Alors pourquoi vous continuez d'y aller ? — Quand on m'appelle j'y vais. Et puis il faut bien vivre. — Qu'est-ce qu'on vous donne pour ces visites ? — Parfois un bol de soupe. »

Après le café, j'étale le plan de Moguilev sous les yeux de notre ami et lui tend mon stylo.

« Vous voulez bien, monsieur, me tracer les limites du ghetto ?

— Samuel, Samuel Rosenthal, dit-il avec un merveilleux sourire.

— Moi, c'est Adèle, et lui, Lucian. »

Il sort un mouchoir pour s'essuyer les yeux, prend mon stylo, se penche sur le plan et, pendant un moment, semble chercher à se repérer tandis que sa main tremble.

« Les rues ne s'appelaient pas comme aujourd'hui, dit-il. Est-ce que je peux me permettre de corriger les noms ?

— Oh, bien sûr !

— Alors, voyez-vous, ici c'était la place Rouge, elle n'était pas dans le ghetto. Ici, c'était la rue Félix Dzerjinski, dans le ghetto. Ah, et la rue Lénine, un trottoir dans le ghetto, l'autre non, la limite passait exactement au milieu. Par ici, la rue Poltavskaïa, qui sortait du ghetto en direction de la gare. Puis la grande rue Pouchkinskaïa, dans le ghetto, mais seulement sur cette portion que je vous souligne, là.

— La rue Pouchkinskaïa ? Mais c'est là qu'était le bordel !

— Ah pardon, je ne savais pas... vous pensez qu'il y avait un bordel dans le ghetto ?

— C'est Hilsenrath qui le dit. À plusieurs reprises il cite le nom de cette rue.

— Ma foi, je ne savais pas, mais c'est bien possible. »

Puis nous partons faire le tour du ghetto à pied et, à certains moments, Rosenthal me reprend le plan et le stylo pour corriger une erreur – des passages ont été effacés, d'autres ont été créés.

Il avait sûrement prévu de garder sa propre rue pour la fin car c'est à l'issue de notre long périple que nous nous y engageons. Ce n'est qu'une ruelle étroite bordée de maisons basses minuscules qui toutes ont un petit potager.

« Dans celle-ci, nous dit-il, vivait une femme qui a caché deux enfants juifs pendant toute la guerre. C'est mon père qui me l'a raconté, et le nom de cette femme est aujourd'hui gravé sur un petit monument en ville.

— Ah, nous avons vu ce monument. Et justement, on se demandait…

— Les noms inscrits sont ceux de familles de Moguilev qui ont sauvé des enfants juifs.

— Je comprends.

— Et voici notre maison. Le ghetto finissait là-bas, à la hauteur du poteau télégraphique que vous apercevez. Des barbelés fermaient la rue. »

Avec l'âge, il n'a plus voulu habiter ici et a vendu la petite propriété pour acheter un appartement plus confortable, et surtout mieux chauffé.

« Maintenant, dit-il en souriant, je vais aller me reposer si vous voulez bien, j'en ai besoin, je ne suis plus aussi vaillant que vous.

— Oh, bien sûr ! Mais accepteriez-vous que nous vous invitions à dîner ?

— Eh bien… pourquoi pas ?

— Dites-nous à quelle heure, on passera vous prendre.

— Venez vers 19 heures, j'habite le petit immeuble que vous voyez, là, en contrebas. Je vous attendrai dans le hall. »

Le 20 mars 1944, les troupes russes libèrent Moguilev.

« J'ai couru dans les rues de l'ancien ghetto, écrit Hilsenrath, jusqu'au carrefour et aux barbelés. Des

Juifs avaient déjà cisaillé les fils de fer, et je n'ai eu aucun mal à passer.

« J'ai suivi la rue Pouchkine jusqu'au cœur du secteur chrétien. C'est là que se trouvait le quartier des autorités, avec la prison, le commissariat de police, les casernes, la gare et le grand cinéma russe. Les Ukrainiens nous regardaient, nous les Juifs, d'un air ébahi, mais ne disaient rien. Avant-hier encore, il était interdit aux Juifs de pénétrer dans cette partie de la ville sous peine de mort. Ils n'arrivaient apparemment pas à croire que nous avions désormais les mêmes droits qu'eux. J'ai rencontré une jeune fille juive que je connaissais.

« "Ruben Jablonski !

« — Oui, c'est moi.

« — Comment ça s'est passé, pour toi, l'arrivée des Russes ?

« — Bien.

« — Nous, on a fait du pillage, hier.

« — Nous aussi. Les Allemands et les Roumains étaient partis et les Russes pas encore là. La ville n'était à personne. On a profité au mieux de la situation [...]."

« Miriam est retournée au ghetto, je suis resté encore un moment à flâner. Je suis allé au bord du Dniestr tout proche et je me suis assis sur une pierre. Je savais à quel point c'était dangereux, les Allemands étaient encore sur l'autre rive et je devais veiller à ne pas me faire avoir au dernier moment par un tireur d'élite. Mais au fond, cela m'était égal, maintenant. Je fixais le fleuve puissant qui charriait des blocs de glace. À deux kilomètres de là, les Russes avaient déjà entrepris de construire un pont flottant, on entendait de temps en temps les coups sourds de leurs haches. Le pont du chemin de fer avait sauté l'avant-veille, et les Russes voulaient finir rapidement leur pont pour se lancer à la poursuite des Allemands. »

Nous dînons avec Samuel Rosenthal dans l'élégant restaurant du parc. Comme j'ai en tête l'image du jeune Hilsenrath courant librement dans le quartier chrétien, sous le regard « ébahi » des Ukrainiens, je veux savoir comment les Ukrainiens d'aujourd'hui regardent les Juifs de Moguilev.

« Oh, dit-il, mais il n'y a plus de Juifs à Moguilev.

— Il y a au moins vous !

— Mais comment sauraient-ils que je suis juif ? Ce n'est pas écrit sur mon visage. »

Il me fixe en souriant de ses yeux bleus.

« J'exagère, reprend-il, nous sommes encore quelques vieux à vouloir mourir ici. Ma sœur, elle, est partie aux États-Unis, et mes enfants et petits-enfants vivent en Israël.

— Bientôt, dis-je, plus personne ne se souviendra du ghetto, les années l'auront complètement effacé. Ça ne vous fait rien, vous vous en fichez ? »

Il ne relève pas, continue de manger comme si nous n'existions pas.

« Il faut que je vous dise une chose, dit-il calmement quand il a fini son assiette : une amie a créé un musée de la Mémoire juive, ici, à Moguilev.

— Oh !

— Cela lui a pris des années, la ville ne l'a pas aidée, personne ne l'a aidée, enfin moi un peu, comme j'ai pu, et ce musée a eu si peu de visiteurs qu'elle a décidé de le fermer après quelque temps.

— Mais moi je veux le visiter !

— Vraiment ?

— Je le veux absolument, monsieur. Est-ce que je peux rencontrer cette dame ?

— Si c'est ça, je vais l'appeler tout de suite pour vous. Elle est âgée, elle n'entend plus très bien et ne se déplace pas facilement. »

Il prend son téléphone et compose le numéro.

La conversation se tient en russe, Lucian s'efforce de suivre, à un moment il me fait « non » de la tête, puis soudain la situation semble s'éclaircir et Lucian acquiesce.

« Elle est malade et ne pourra pas venir, dit Samuel Rosenthal, mais je vais passer chez elle récupérer la clé et vous ouvrir le musée. Elle est d'accord. Voulez-vous qu'on s'y retrouve demain ? Disons… vers midi.

— C'est magnifique ! Merci !

— Ne vous attendez pas à entrer au Louvre, dit-il en souriant, ce n'est pas bien grand mais nous avons réuni tout ce qu'on a bien voulu nous confier. »

À midi et demi, le lendemain, nous patientons devant une maison particulière dont les volets sont clos. C'est une rue calme, non loin du fleuve. Enfin, un taxi s'arrête et Samuel Rosenthal en descend.

« Pardonnez-moi, elle ne retrouvait plus la clé... »

Il ouvre, et ce que nous découvrons est une pièce tout en longueur dont les murs sont tapissés de photos d'identité – les Juifs de Moguilev morts dans le ghetto ou dans les camps de Transnistrie. Sous chaque photo figure un nom en caractères cyrilliques, et parfois une date. Une carte géographique de la Transnistrie présente l'emplacement des différents lieux d'extermination – Peciora, Berşad, Obodovka... Dans une vitrine sont exposés des objets du quotidien donnés par des survivants : pièces de vêtement, savates, canif, gamelle, morceau de bougie, bout de crayon. Dans une autre des lettres et des carnets, témoignages de survivants.

« Et par ici, dit Samuel Rosenthal, nous avons une autre petite salle où ont été rassemblés quelques éléments sur les Allemands et les Roumains passés par Moguilev.

— Ah, très bien », dis-je.

J'entre dans la pièce et tout de suite, comme si un doigt mystérieux l'avait désignée à mon regard, je tombe sur une photo représentant un groupe d'officiels roumains au milieu desquels je reconnais mon grand-père. Il figure à la droite du colonel Emil Brosteanu, commandant de l'Inspectorat de la gendarmerie de Transnistrie, et juste derrière le gouverneur de la Transnistrie, Gheorghe Alexianu, condamné à mort et fusillé le 1er juin 1946 en même temps que les deux Antonescu, Ion et Mihai.

« Brosteanu était une ordure, m'avait dit Hilsenrath, qui menaçait de nous livrer aux Allemands si nous ne lui donnions pas ce que nous avions pu sauver – les bagues, les bijoux, les montres… Il s'est fait de l'argent. Mais tous les Roumains se sont fait de l'argent avec les youpins, et ton grand-père aussi, probablement. »

« Cette photo est intéressante, n'est-ce pas », remarque Samuel Rosenthal.

Je l'entends de loin car les battements de mon cœur se répercutent jusque dans mes tympans.

« Alexandru Codreanu… attends voir, avait ajouté Hilsenrath, il n'était pas un des adjoints de Brosteanu ? »

« Très, dis-je. Très intéressante. »

Avec mon téléphone je la photographie. Puis je recommence, et recommence encore et encore en cadrant de plus en plus serré sur le visage de mon grand-père.

Quand nous nous retrouvons tous les trois sur le trottoir et que Samuel Rosenthal fait un signe discret à son taxi – « J'arrive, j'arrive, merci d'avoir patienté… » –, je me mets à chercher fébrilement dans mon sac.

« Attendez, dis-je, attendez, je voudrais… »

Je voudrais lui donner quelque chose de moi parce que je n'imagine pas le quitter comme ça. Et tout ce que je trouve c'est mon stylo, celui que m'a offert Arthur pour mes trente ans, celui avec lequel Samuel Rosenthal m'a dessiné le plan du ghetto et a noté le nom des rues.

« Tenez, dis-je, prenez mon stylo, je ne veux pas vous quitter sans vous faire un cadeau. »

Il le prend, le regarde.

« Non, je ne peux pas…

— Je vous en prie, prenez-le s'il vous plaît, j'ai besoin de savoir que vous allez garder quelque chose de moi. »

Il sourit, semble de nouveau chercher la bonne réponse. Alors je lui reprends le stylo, entrouvre son manteau et le glisse dans la poche intérieure.

« Si vous étiez mon père, dis-je tout bas en français, je vous adorerais, monsieur Rosenthal. »

Puis je cherche la main de Lucian et nous partons.

Cette nuit-là je fais ce rêve :

Lucian est sur moi en train de me faire l'amour, et tandis qu'il va et vient mon visage s'illumine – je deviens belle. J'étais noiraude et sale, je crois même que je n'avais plus toutes mes dents et sentais mauvais, or je peux lire sur mes traits les effets bénéfiques du sexe de Lucian. Sur mes traits, oui, parce que je l'entends souffler au-dessus de moi, le sens aller et venir en moi, mais curieusement ne le vois pas. C'est mon propre visage qui m'apparaît et dont j'observe la transformation. Je suis émerveillée, c'est une révélation, je ne savais pas que c'était possible, devenir belle grâce au sexe d'un homme, je voudrais demander à Lucian de continuer, de ne pas jouir surtout, mais aucun son ne sort de ma bouche. Alors je tends les bras pour me suspendre à son cou dans l'espoir de lui parler à l'oreille, mais je ne rencontre que le vide.

Sans doute est-ce cette impression affreuse de solitude qui m'a tirée du sommeil. J'ai entendu la pluie, puis le passage d'un train, reconnu la chambre et cherché Lucian à tâtons. Il était là, à plat ventre, comme d'habitude. Je lui ai caressé les fesses – « Lucian, réveille-toi, j'ai envie de faire l'amour… » Quand il s'est retourné il était déjà prêt, je n'ai eu qu'à venir sur lui et il est entré en moi.

« J'ai rêvé que tu me rendais belle, lui dis-je au petit-déjeuner.

— Tu étais belle avant de me connaître.

— Non, regarde-moi. Tu ne vois pas comme j'ai changé depuis la première fois à l'hôtel Unirea ?

— Non.

— Tu es trop bête, ou tu as de la merde dans les yeux.

— Je me demandais si tu allais te mettre en colère. Bien sûr que tu as changé, je ne suis pas aveugle.

— J'ai changé comment ?

— Tu prends le temps, tu es moins pressée.

— Je suis moins pressée, oui.

— Et tu regardes les gens différemment. Ou tu les regardes, tout simplement. Même moi, tu ne me regardais pas comme ça au début.

— Comment je te regardais ?

— Laisse, on ne va pas parler de ça maintenant.

— Non, tu as raison, c'est à cause de cette nuit. J'ai vraiment rêvé que tu me rendais belle, mais quand j'ai voulu te le dire, te toucher, tu n'étais pas là.

— Je suis là, Adèle.

— Oui, excuse-moi, excuse-moi, je ne te demande rien, je n'ai pas envie de cette conversation. »

Juste à ce moment-là mon téléphone a sonné, c'était Arthur.

J'ai quitté la table pour aller décrocher dans le hall.

« Ça va, Arthur ?

— Bien, merci. Je n'ai pas voulu t'embêter…

— J'ai remarqué, oui.

— Mais malgré tout je m'inquiète – comment se passe ton voyage ?

— Je travaille beaucoup. Il était… il était temps que je vienne.

— Je le pense également. Mais pendant des années tu n'as pas voulu…

— Je sais, c'est ma faute. J'aurais dû t'écouter, tu n'as rien à te reprocher.

— Ce n'est pas ce que je voulais dire…

— Je ne vais pas rentrer, Arthur.

— Pardon ?

— Tu as bien entendu : je ne vais pas rentrer en France, ou juste pour te rendre ta voiture et récupérer quelques affaires.

— Tu veux vivre en Roumanie ?

— Ou ici, en Ukraine. Je n'ai rien à faire en France, l'histoire de la France n'est pas la mienne.

— Tu ne veux plus… Tu me quittes, Adèle ?

— Oui. Je ne t'aime plus.

— Oh !… Pardonne-moi… Tous ces jours, j'ai espéré, je t'ai attendue.

— Ne m'attends plus, je ne reviendrai pas.

— J'ai compris… Je t'envie de pouvoir partir comme ça.

— Ça fait longtemps que je suis partie, Arthur. C'est juste que tu n'avais pas vu.

— Bien, bien, on ne va pas…

— Non.

— Alors on se dit au revoir ?

— Au revoir, Arthur. »

J'ai raccroché la première. Émue, encore sous le coup de m'être entendue dire que je n'allais pas rentrer en France. J'avais dû le penser, bien sûr, mais je ne me l'étais pas encore formulé.

Nous roulons vers Secureni, la ville de Michael Stivelman. Par moments, à travers la pluie que le vent fait tourbillonner, nous distinguons le fleuve sur notre gauche.

Après avoir rencontré Hilsenrath à Moguilev, Stivelman et ceux de son convoi – essentiellement des Juifs de Secureni – ont été contraints de partir à pied pour le camp de Berşad, au cœur de la Transnistrie. De la famille Stivelman n'ont survécu que Michael, treize ans, et sa mère, Riva.

Ils ne restent que deux jours à Berşad. Le 14 octobre 1941 à l'aube les soldats les réveillent en hurlant et en les frappant à coups de crosse. Ils doivent maintenant rejoindre à pied le camp d'Obodovka. Ceux qui ne sont plus capables de marcher sont aussitôt abattus. « Avec une indifférence effroyable, se souvient l'enfant, ils tiraient sur les plus faibles et les malades qui n'avaient plus la force de bouger. » Lui parvient à relever sa mère, à la soutenir, et ils rejoignent les rangs. « Nous étions les derniers de la colonne, écrit-il encore, quand la jeep qui nous suivait est passée à côté de nous les soldats ont fait le geste d'épauler et de nous tirer dessus si nous n'avancions pas plus vite. Dès qu'ils sont partis, j'ai traîné ma mère sur le bord de la route et l'ai précipitée dans le fossé. Si on nous trouvait là, nous serions immédiatement tués. Quelques instants plus tard, j'ai entendu le bruit des charrettes qui ramassaient les morts pour les enfouir quelque part. Dieu merci, on ne nous a pas vus. »

Comme le petit Appelfeld qu'ils auraient pu rencontrer, et sûrement réconforter, Michael et sa mère vont se cacher et survivre dans les forêts ukrainiennes jusqu'à la fin de la guerre, grâce à des paysans.

« Regarde, dis-je à Lucian, on va s'arrêter là prendre un café. »

C'est une épicerie, on devine de la lumière à l'intérieur à travers le rideau de pluie. Deux chiens trempés tentent de s'abriter sous son auvent. La dame semble contente de nous voir entrer. Elle explique que peu de voitures empruntent cette route depuis qu'il en existe une autre, bien meilleure.

Elle allume pour nous la machine à café et le petit rayon réfrigéré. Puis elle a un geste élégant et discret pour nous présenter les fromages et les tranches de mortadelle.

En plus des cafés, nous lui prenons du pain et du fromage.

Je regarde Lucian manger à travers la fumée de ma cigarette. Il est joli ce matin avec ses cheveux mouillés en désordre.

« Lucian, tu te souviens qu'on a fait l'amour cette nuit ?

— Oui.

— Tu aimes bien quand je viens sur toi ?

— Oui.

— Tout d'un coup, là, je suis heureuse. »

Il me fait signe qu'il a la bouche pleine et ne peut pas me répondre.

« Laisse, mange tranquillement, il faut que j'écrive un SMS à mon père. »

« Papa, j'ai retrouvé la trace de ton père à Moguilev, dans un petit musée de la Mémoire juive. Je ne sais pas si tu es au courant mais il y avait un ghetto dans cette ville et beaucoup de Juifs y sont morts. Ton père n'était ni communiste ni résistant mais bien officier. Je te joins cette photo où il figure entouré de criminels – peut-être reconnais-tu Alexianu et Brosteanu ? En plus d'être un menteur, ton père était probablement un salaud, peut-être même un assassin, comme ses amis, sur la photo. Je me demande si, au fond, tu le savais mais préférais que cela reste enfoui selon une pratique répandue chez nous, les Roumains. Je vais sûrement en apprendre rapidement beaucoup plus car les archives sont maintenant accessibles aux familles. Je te dirai. Embrasse maman pour moi. Je t'embrasse. Adèle. »

Puis nous reprenons la route pour Secureni.

J'essaie de me figurer à quoi peut bien ressembler cette ville aujourd'hui. Michael Stivelman, qui y a grandi dans les années 1930, en peint un tableau idyllique. « Les soirées de shabbat étaient inoubliables, écrit-il. Tout le monde portait ses habits de fête, les maisons s'illuminaient grâce à la flamme tremblante des bougies que la maîtresse de maison allumait tout en récitant la prière. Les tables mises, les nappes blanches, le vin attendaient notre retour de la synagogue. Les gens se rencontraient à la synagogue, dans la rue, aux seuils des portes, et tous se saluaient et se souhaitaient un shabbat rempli de paix. Le sentiment d'avoir tant de choses en commun était réconfortant et rassurant. Nous étions une communauté. La ville était une communauté. À cette époque, c'était agréable d'être un enfant juif à Secureni. »

Puis la guerre arrive, Michael Stivelman et les siens sont jetés sur les routes pour ces interminables marches qui mèneront les survivants dans les camps d'extermination de Transnistrie.

Alors survient un événement que la communauté juive de Secureni n'a pas connu : les autorités roumaines décident de transformer la ville, qui a été vidée de ses habitants, en camp de transit, puis de concentration. Plus de dix mille Juifs déportés de Bucovine et d'ailleurs vont y être enfermés et, pour beaucoup d'entre eux, y mourir. L'une des survivantes, la poétesse Mayer Rudich, qui s'exilera en Israël après la guerre, en fait un tableau bien différent de celui du petit Stivelman : « Sales, parce qu'ils ne pouvaient ni se laver ni s'habiller, en haillons, presque nus, ils hantaient les ruelles ou gisaient dans leurs abris délabrés, souvent recouverts de loques flottant au vent, qui semblaient être arrachées à leur chair. Vint ensuite l'épidémie. Sur des planchers usés, pleins de trous, sur des lits le plus souvent sans matelas, les gens étaient abandonnés à leurs souffrances, sans aucun secours, brûlants de fièvre, rongés jusqu'au dernier souffle par le mal qui les vidait des dernières gouttes de leur sang. Les enfants, les femmes et les hommes mouraient comme des mouches de faim et de maladie.

« La nourriture ? C'était celle qu'ils avaient pu emporter dans leurs besaces, ce qu'on leur envoyait, ce qu'ils ramassaient en mendiant. Un temps, ils avaient partagé leurs morceaux de pain. Puis vint le temps où, lorsque certains mangeaient le peu qu'ils avaient, à la hâte, en cachette, les autres, les yeux dilatés, affolés par la famine, la terreur et la souffrance, se traînaient pour quémander. La misère, qui campait aux portes de la bourgade, s'était peu à peu infiltrée partout et emparée de ce lieu où tant d'êtres humains étaient amassés.

« Puis la promiscuité fit son apparition. Alors les gens perdirent tout sens commun et, sous l'emprise de la faim et du désespoir, faisant corps avec leur malheur, ils abandonnèrent toute dignité, ils oublièrent tout. Enlisés dans la fange, ils n'étaient plus que des ombres qui vagabondaient toute la journée, mourant de faim. »

La pluie a cessé quand nous entrons à Secureni. Ce que nous voyons d'abord, car il surplombe la place de la mairie, c'est l'extraordinaire monument érigé à la gloire du soldat soviétique libérateur. Un genou à terre au pied de la mère patrie qui brandit une épée protectrice, il a posé sur son autre genou son casque frappé de l'étoile rouge. À l'exception de cette étoile écarlate qui aimante le regard, le couple, tout de blanc immaculé recouvert, se détache magnifiquement ce soir-là sur le gris du ciel – telle une apparition d'origine divine. La guerre est finie, semble-t-il nous annoncer, et nous veillerons désormais à vous en protéger, braves gens de Secureni. De fait, descendant au pas vers la place de la mairie pour garer la Volvo d'Arthur auprès des trois ou quatre voitures qui se tiennent là en silence, nous sommes agréablement surpris par la paix qui y règne. Construite sous les communistes, et donc laide et fonctionnelle, mais néanmoins repeinte de frais, la mairie et son esplanade plantée de cyprès invitent à la concorde. Ses trente-six fenêtres s'ouvrent sur une avenue étonnamment déserte qui se perd dans le lointain entre d'innombrables maisons basses dont les cheminées laissent échapper à cette heure de gracieuses volutes, signe que partout on s'apprête à dîner. D'ailleurs, le modeste supermarché qui jouxte la mairie vient de fermer et une femme ramasse les quelques papiers gras oubliés sur les tables de pique-nique installées sous son auvent. Le café est également fermé mais l'hôtel, dont les fenêtres donnent sur un parc pour les enfants, avec un petit toboggan et un bac à sable, semble par bonheur ouvert.

Oui, bien qu'il soit vide en cette saison, sa propriétaire tient à l'illuminer chaque soir pour les visiteurs de dernière minute – « Comme vous ! » lâche-t-elle en nous souriant. Aussi prenons-nous la plus belle chambre puisque nous avons l'embarras du choix.

Puis, avant qu'il fasse tout à fait nuit, nous partons à la recherche de la maison des Stivelman dont Michael publie quelques photos à la fin de son livre, parmi des portraits noir et blanc des siens – Riva et Jacob, ses parents, sa grand-mère Cearna, son oncle Zanvel, son autre oncle Volodia en uniforme de l'Armée rouge, lui à l'âge de deux ans dans les bras de sa mère, à six ans entouré de ses parents, en 1947 à Salzbourg avec sa mère seule (son père a été assassiné par des soldats roumains le 14 septembre 1941, l'année de ses quarante-deux ans), en 1948 au Brésil, le chapeau de Humphrey Bogart crânement incliné sur le côté, enfin dans les années 1980 à Rio de Janeiro, devenu président de la banque Cédula.

Des maisons comme la leur, il y en a des centaines, de sorte que devant chacune nous nous disputons. Quand Lucian soutient que celle-ci peut être la leur je trouve un détail pour le contredire, et *vice versa*. J'en veux à Stivelman de ne pas avoir mentionné l'adresse sous la photo.

Puis nous rentrons dîner à l'hôtel.

Le lendemain matin nous nous présentons à la mairie et demandons à voir le maire. J'explique à la dame de l'accueil que je suis journaliste, que je viens de France pour écrire sur l'extermination des Juifs de

Secureni et que j'ai là, avec moi, le livre d'un survivant. Pour finir, je lui tends ma carte de visite avec le logo de mon journal.

« Vous permettez ? »

Elle prend le livre, le feuillette, et à l'instant où elle tombe sur les photos des Stivelman elle semble s'électriser. Se lève, nous prie de patienter et monte à l'étage en se retenant de courir.

« Elle ne comprenait pas les caractères latins, me dit Lucian, mais en découvrant les photos elle a eu un choc. »

Un moment plus tard elle est de retour – le maire nous attend. Quand nous entrons dans son bureau, il est lui aussi dans un état de grande excitation, demandant à ses assistants d'appeler immédiatement telle et telle personne dont les noms sont répétés, lui-même menant en même temps une conversation au téléphone. Le livre de Stivelman est posé sur son bureau. « Asseyez-vous ! Asseyez-vous ! » nous dit-il, le sourire tendu, moulinant de son bras libre pour nous désigner les fauteuils qui lui font face tandis que de l'autre il ne lâche pas son iPhone.

Quand il raccroche, il se lève aussitôt pour nous serrer la main.

« Vasyl Kozak, enchanté de vous recevoir. Que puis-je pour vous ? »

Je répète ce que je viens de dire à la dame de l'accueil.

« Les Juifs, oui, oui… je vais vous en parler. J'ai demandé à certaines personnes de nous rejoindre, elles vont arriver d'un moment à l'autre. La première chose que je dois vous dire c'est que j'ai reçu, ici même, en 2007, M. Stivelman.

— Ah bon !

— Oui. Pour moi, l'extermination des Juifs n'était pas un secret, même s'il était interdit de l'évoquer sous le régime communiste. Je suis né ici, ma mère a caché des Juifs pendant la guerre, je l'ai toujours su.

— Et donc vous avez rencontré Michael Stivelman ?

— Il est venu du Brésil pour nous demander d'ériger un monument à la mémoire des Juifs de Secureni. Il faut vous dire qu'ici, en 1939, la ville comptait une communauté de plus de dix mille Juifs, soit la quasi-totalité de la population.

— Mais vous voulez dire qu'en 2007 rien n'avait encore été fait pour rappeler le massacre des Juifs ?

— Rien. Si vous n'alliez pas au cimetière juif, où se trouve une fosse commune, vous ne pouviez pas le savoir.

— Excusez-moi, mais la plupart des Juifs de Secureni sont morts sur les routes et dans les camps de Transnistrie, comme Stivelman l'explique. Les corps rassemblés dans cette fosse commune ne sont donc pas les leurs mais plus vraisemblablement ceux des Juifs déportés de Bucovine et morts de faim dans le camp de concentration qui a été ouvert ici par la suite.

— Ah ça, je ne sais pas, et je ne sais pas d'ailleurs qui pourrait nous le dire… Toujours est-il que nous avons ici, au cimetière juif, une fosse commune, et que M. Stivelman est venu nous demander de faire quelque chose pour rappeler le martyre de ces malheureux.

À cet instant on frappe à la porte et le maire se lève, comme mû par un ressort, pour aller ouvrir.

Ce sont les deux personnes qu'il a fait appeler. L'une, Katerina, est journaliste. L'autre, Eugenia, est la veuve du dernier rabbin de Secureni.

— Où en étais-je ?… reprend le maire, les présentations faites. Oui, la fosse commune… Je vous disais qu'il nous revient, bien entendu, de rappeler le martyre de ces malheureux Juifs.

— Et vous alliez nous dire où se trouve le monument à leur mémoire.

— Mais nulle part ! Et c'est bien ça le problème. Vous n'allez pas me croire, mais son érection est toujours en discussion. Je suis régulièrement en contact avec des Juifs d'Israël pour savoir ce qui se fait, ce qu'ils veulent exactement. Pour nous, non-Juifs, ce n'est pas facile d'imaginer un tel mausolée – quelle pierre choisir, que doit-on écrire dessus, de quelle taille doit être le monument, où le mettre ?… Et malheureusement, les choses n'avancent pas. J'en suis le premier consterné, je ne vous le cache pas. »

La journaliste a plongé le nez dans son dossier tandis que la veuve du rabbin sourit imperceptiblement en fixant un point sur le mur, très au-dessus du maire.

Puis un jeune homme apporte un plateau avec des tasses de café et on se détend. Alors le maire donne la parole à la journaliste. Katerina explique que, bien que vivant ici depuis cinquante ans, elle n'a appris qu'en 2005 que sa ville avait été peuplée de Juifs jusqu'à la guerre. Et elle l'a appris grâce au livre de Stivelman dont une traduction est apparue à la bibliothèque.

Sidérée par ce qu'elle découvrait, elle a aussitôt écrit une série d'articles pour son journal dont elle a pris soin de nous apporter quelques exemplaires. Puis elle a rédigé des fiches pour les écoliers puisque, dit-elle, l'extermination des Juifs n'est pas mentionnée dans les manuels scolaires. Et elle a fait mieux encore : elle est venue elle-même parler aux enfants dans les écoles.

« Le livre de M. Stivelman, dit-elle, a été pour nous tous une révélation. Monsieur le maire lui-même ne savait rien, ajoute-t-elle en le regardant gravement, jusqu'à la lecture de ces pages effroyables. »

Pardon, semble s'interroger le maire, ai-je bien entendu ou suis-je en train de rêver ? Aussitôt il se dresse et proteste. Il savait, il a toujours su, sa mère n'a-t-elle pas caché des Juifs ? Enfin, comment Katerina peut-elle avancer une telle absurdité ! La journaliste semble abasourdie. Au contraire du maire elle se tasse sur sa chaise et il me paraît évident qu'à l'avenir elle ne répétera pas une telle bêtise.

Vient le tour d'Eugenia, la veuve du rabbin. Ce qu'elle raconte est plus étonnant encore : elle a épousé Iancu en 1968, c'est alors seulement qu'ils se sont installés à Secureni, et ni elle ni lui ne savaient ce qui s'était passé ici pendant la guerre. Elle l'a découvert petit à petit après la chute du communisme, grâce, dit-elle, à des proches de familles assassinées venus d'Israël pour se recueillir au cimetière. En les écoutant, elle a pris la mesure du drame. Puis elle a parlé avec des Juifs et des non-Juifs et deviné l'origine des difficultés entre les deux communautés. « Les Juifs, dit-elle, étaient considérés par les non-Juifs comme supérieurs à eux. » En établissant la liste des professions exercées par les premiers, elle a compris l'amertume des seconds. Les Juifs occupaient les fonctions les plus prestigieuses, les mieux rémunérées : médecins, pharmaciens, bijoutiers, avocats (ce qu'était le père de Michael Stivelman), architectes, ingénieurs… quand les autres étaient paysans, cordonniers, palefreniers, cantonniers. « Ça n'explique pas tout, bien sûr, dit-elle tristement, mais cela peut nous aider à comprendre. »

Bon, l'horloge tourne, celle du maire en tout cas, et il tient à ce que nous visitions le musée de la ville qu'il a inauguré en 2014 dans une annexe de la mairie. Il nous prie de le suivre et nous confie à la dame chargée d'accueillir les visiteurs.

Il y a là des accordéons, des machines à coudre, des radios, des gramophones, des appareils photographiques, des horloges, des métiers à tisser, des pierres préhistoriques, des lampes à pétrole, des tissus, des habits de fête, de la vaisselle en terre cuite, des outils pour l'agriculture et la menuiserie, toutes sortes de souliers, mais à la fin, comme nous n'avons vu aucun objet susceptible de rappeler au visiteur que Securani fut une ville juive, je m'étonne auprès de notre guide.

« Oui, dit-elle, il est exact que des milliers de Juifs vivaient ici avant la guerre. Et d'ailleurs, si vous allez vous promener, vous n'allez voir que des maisons juives. Je ne comprends pas comment l'Histoire a pu tout effacer. »

La veuve du rabbin a suivi la visite avec nous. Je vois qu'elle sourit, comme elle souriait aux explications embarrassées du maire, mais puisqu'elle choisit de se taire, je me tais également.

« Si vous voulez, dit-elle, quand nous nous retrouvons sur l'esplanade sous un pâle soleil, je peux vous accompagner jusqu'au cimetière juif. »

C'est une femme délicate, pleine de tact, qui ne veut parler ni du maire, qu'elle apprécie, ni de ce monument qui ne verra jamais le jour. Pourquoi donc rappeler l'existence des Juifs de Secureni quand, par ailleurs, on s'applique à effacer leurs dernières traces ? On se demandait par exemple où installer la morgue, eh bien la synagogue a fait l'affaire. S'il reste encore des Juifs à Secureni, ils sont si vieux qu'ils n'entendent plus, ne voient plus, ne peuvent plus marcher, alors à quoi bon une synagogue ? « Je vous ai expliqué, poursuit doucement Eugenia : les Juifs avaient les meilleurs métiers... Ça n'explique pas tout, bien entendu, mais les gens n'ont pas oublié et la rancœur ne prête pas à la bienveillance.

« Mais parlons d'autre chose, reprend-elle, on m'a dit votre nom, vous êtes donc d'origine roumaine ?

— Oui, de Iaşi.

— Mais vous êtes journaliste en France... Et vous, jeune homme, qui faites la traduction, d'où êtes-vous ?

— De Bălţi, dit Lucian.

— Lucian ne fait pas seulement la traduction, dis-je, il est aussi mon amoureux.

— Ah, fait-elle en souriant, je me demandais justement... parce qu'il m'a semblé que vous vous preniez la main, à un moment, dans le musée.

— On ne se cache pas, dis-je.

— Vous avez bien raison, c'est si réconfortant d'être amoureux... Et qu'allez-vous écrire sur les gens de Secureni ?

— Ils ont profité de la situation pour voler les Juifs, piller leurs maisons, mais ce ne sont pas eux qui m'intéressent, ce sont les Roumains. Leur inhumanité dès lors qu'on les autorise à disposer des Juifs. Ils ne voient pas un enfant derrière un enfant juif, alors que voient-ils ?

— Certes, mais les Allemands ont fait bien pire.

— On sait tout de ce qu'ont fait les Allemands, il y a eu Nuremberg, puis des dizaines d'historiens, de romanciers et de cinéastes ont travaillé sur la Shoah. Sur le génocide commis par les soldats roumains, on ne sait presque rien parce que leurs enfants ne veulent pas savoir.

— Mais vous, si.

— Moi je veux savoir, oui. Mais surtout je veux comprendre comment ce pays, le mien, a réussi à effacer sa propre histoire, et en l'occurrence ses propres crimes.

— Ne le prenez pas mal, remarque-t-elle après un silence, mais vous me paraissez bien jeune pour écrire sur un tel sujet. »

Elle m'a énervée, j'ai préféré ne pas répondre.

De toute façon, nous arrivions au cimetière.

La fosse commune est recouverte d'herbe et entourée d'un muret peint en blanc. Elle attire immédiatement le regard, au contraire des sépultures individuelles, faites de marbre noir pour la plupart. L'inscription est en russe et Lucian la traduit :

En mémoire des citoyens soviétiques
tués par les fascistes
en 1941

« Vous prétendez que les enfants des soldats roumains ne veulent pas savoir, dit alors Eugenia, mais comment pourraient-ils savoir si même sur la tombe des victimes de leurs pères on ne dit pas que ce sont des Juifs qui reposent ici, et que ces Juifs ont été tués non pas parce qu'ils étaient des "citoyens soviétiques" mais *parce qu*'ils étaient juifs ? »

Un moment plus tard, en circulant parmi les tombes, je note que le mur d'enceinte du cimetière, largement effondré, a été reconstruit à un endroit sur une centaine de mètres.

« Le maire n'élèvera jamais le mémorial, dis-je, mais au moins il finance la réparation du mur.

— Non, ce n'est pas lui, rétorque-t-elle, c'est un médecin juif dont les parents sont enterrés ici. Il habite l'Allemagne, mais il vient souvent, c'est un homme très sympathique et entreprenant et il veille à l'entretien du cimetière. »

Nous nous disons au revoir sur le trottoir : Eugenia doit regagner le centre car elle fait chanter les enfants de maternelle et moi je veux photographier les maisons. Depuis Bălți, nous avons appris à repérer celles que se construisaient les Juifs avant que les troupes allemandes et roumaines les en chassent à coups de crosse. Ils aimaient les toits de tôle ondulée à quatre pans suffisamment généreux pour couvrir une galerie circulaire où ils pouvaient prendre l'air sans être mouillés par la pluie ou brûlés par le soleil. J'imaginais les grands-parents s'installant là dans des fauteuils d'osier tandis que les petits jouaient dans leurs jambes et que les adolescents fumaient, accoudés à la balustrade. À Bălți, j'ai photographié les rares maisons juives encore debout, puis de nouveau à Mărculeşti, à Soroca, à Iampol, à Otachi, à Moguilev, et chaque fois j'ai eu le sentiment de découvrir un trésor, de l'immortaliser aussi bien, car ces maisons, faites de bois et de torchis pour la plupart, ne vont pas durer, c'est une évidence. Or ce sont des centaines, des milliers peut-être, qui se côtoient ici, à Secureni, plus ou moins vaillantes, plus ou moins rafistolées, effondrées pour certaines, mais habitées pour la plupart. Elles bordent les rues cabossées de la ville, à l'abri de grilles rouillées, entourées de roses trémières et de petits potagers, si tassées sur elles-mêmes, parfois, qu'elles donnent le sentiment de s'être enfoncées dans la terre avec les années.

Bien sûr, à me voir photographier leurs maisons, des hommes surgissent pour me réclamer des comptes.

« J'aime beaucoup votre maison, dis-je, je leur souris, je vois qu'ils me trouvent jolie, que finalement ils sont embêtés.

— Pourtant elle n'est pas bien belle…

— Oh si, elle est pleine de charme.

— De quel pays venez-vous donc ?

— Lucian de Moldavie, moi de France.

— Et là-bas, chez vous, les maisons sont différentes ?

— Il n'en existe aucune comme la vôtre.

— Ah bon… Eh bien, entrez donc si vous voulez voir. »

Nous entrons, le poêle est brûlant, les plafonds sont bas, les fenêtres toutes petites, la pièce principale distribue les chambres à coucher. Le plancher est usé, avec des trous ici ou là, les lits dans les chambres sont énormes, comme au temps de nos grands-mères.

« Et depuis quand habitez-vous ici ?

— Oh, ça c'est une maison qu'ont reçue mes grands-parents quand ils sont arrivés, en 1947 ou 1948 je crois.

— Et d'où venaient-ils ?

— D'un village du Tatarstan dont je ne saurais même pas vous dire le nom. Ils sont là, en photo, regardez. »

Ils posent au garde-à-vous devant la maison, les pieds si enfoncés dans la gadoue qu'on ne voit plus leurs souliers. La femme porte un fichu sur la tête et une robe à pois, elle est plutôt grosse tandis que lui est très maigre, il a enfilé une veste et boutonné le col de sa chemise jusqu'en haut pour la photo. Ils semblent être en service commandé, ne sourient pas, ont le front lourd.

« Et savez-vous à qui appartenait la maison, avant ?

— Ah ça non, comment on pourrait le savoir ?

— Elle appartenait à une famille juive.

— Ça, c'est vous qui le dites.

— Oui, c'est moi. Toutes ces maisons appartenaient à des familles juives.

— Mais la maison est à nous, on ne l'a pas volée.

— Elle est à vous, bien sûr. Je veux juste vous dire que des Juifs habitaient ici avant vous.

— Et pourquoi sont-ils partis ?

— Ils ne sont pas partis de leur plein gré, c'était la guerre.

— Ah…

— Vous voulez bien me montrer le jardin, derrière ?

— Bien sûr !

Je prends des photos du jardin, puis on revient devant, j'explique que j'aime beaucoup les roses trémières, il sourit et on se dit au revoir.

Je sais que les Juifs ne sont pas au ciel, que le ciel n'existe pas, que les dépouilles des Juifs ont été jetées n'importe comment dans des fosses communes comme on le ferait avec des cadavres de chiens, qu'on ne saurait même pas dire les noms de ceux qui sont enfouis dans ces fosses, qu'aussi bien ce ne sont même pas ceux qu'on croit, mais ça ne m'empêche pas d'imaginer un monde où il existerait un ciel depuis lequel tous les Juifs de Secureni, enfin en sécurité et confortablement logés, auraient la possibilité d'observer les Russes tranquillement installés dans leurs maisons, couchant leurs enfants dans les lits de leurs enfants tués, mangeant dans leurs assiettes, s'accoudant à la balustrade de leur galerie pour fumer une dernière cigarette, le soir, avant d'aller faire l'amour dans la chambre où eux-mêmes se sont aimés pour la dernière fois une nuit de juillet 1941.

« Si les Juifs nous regardent, dis-je à Lucian, ils doivent être sidérés de voir avec quel acharnement on les a effacés, reniés, piétinés. D'abord on les tue, ensuite on les enfouit dans des fosses communes anonymes, puis on leur vole leurs maisons et, pour finir, on ne dit même pas aux nouveaux habitants qu'ils occupent leurs maisons. En somme, ils n'ont jamais existé. À part peut-être les rats, les scorpions et les mygales, je ne vois pas d'autres communautés capables de générer une telle colère meurtrière. Et pourquoi ? Qu'est-ce qu'ils nous ont fait ? Je me souviens que lorsqu'il interroge Otto Ohlendorf, le psychiatre Leon Goldensohn semble trembler à un moment, et peut-être même pleure-t-il, car lui, si mesuré dans ses questions, en vient à formuler celle-ci, qui laisse transparaître sa détresse : "Combien de petits enfants incapables de se tenir debout ont-ils été exécutés ?" Ce n'est pas du tout professionnel cette façon de formuler les choses, on devine chez le médecin l'expression d'un profond chagrin et surtout, je crois, d'une incompréhension qui lui fait momentanément perdre pied. D'ailleurs Ohlendorf ne s'y trompe pas et lui répond n'importe quoi. »

Je prends encore quelques photos de jardins et de maisons, puis nous entrons dans l'une d'elles parce que la végétation ne l'a pas encore complètement dévorée et que la porte est entrouverte. Il reste un peu de mobilier rongé par l'humidité à l'intérieur et au mur une seule photo encadrée, celle d'un homme jeune en uniforme de l'Armée rouge qui pourrait être l'oncle Volodia de Stivelman… mais ce n'est pas lui. D'ailleurs, Eugenia pense que la maison des Stivelman n'existe plus et nous avons cessé de la chercher. Je décroche le cadre et le glisse dans mon sac.

« Viens, on va s'asseoir dans la galerie et fumer une cigarette.

— Comme si c'était notre maison, dit Lucian.

— Tu aimerais ?

— Je ne crois pas, non.

— Moi oui, je serais capable d'en acheter une si j'avais l'argent.

— Et tu viendrais habiter Secureni ?

— Pourquoi pas ? Tiens, on va s'asseoir là… Prends une cigarette et fume avec moi, j'aime bien quand tu me souffles la fumée, ça me donne envie de t'embrasser. On est bien, non ?

— Oui, on est bien.

— Tu sais, je ne vais pas rentrer en France. Je vais habiter quelque part par ici, peut-être pas en Ukraine à cause de la langue, mais quelque part entre la Roumanie et la Moldavie, je ne sais pas encore où.

— Tu viens de le décider ?

— Oui.

— Et Arthur va te rejoindre ?

— Je l'ai quitté.

— Oh… Et ça va ?

— Bien sûr que ça va ! J'étais en train de mourir d'ennui, ou de me suicider, je ne sais pas encore exactement mais quand j'aurai pris un peu de recul je te dirai, mon chéri.

— Et c'est le massacre des Juifs qui te ressuscite… tu ne trouves pas ça un peu bizarre ?

— Si, j'y ai pensé. C'est par les pogroms que j'ai découvert la Roumanie, j'aurais très bien pu laisser tomber, mais un soir à Bucarest j'ai rencontré un type que tu connais peut-être, Vasile Popovici, un médecin, professeur, il m'a parlé d'Appelfeld, et à partir de ce moment-là – enfin pas tout de suite, mais très vite – je me suis mise à lire et je n'ai plus pu m'arrêter.

— Tu veux vivre en Roumanie, Adèle, mais les Roumains vont te détester.

— Pourquoi me détesteraient-ils ?

— Quand tu vas publier tout ce que tu découvres en ce moment.

— Ah… Je m'en fous qu'ils me détestent.

— Non, tu ne t'en fous pas. Tu espères chaque fois qu'on va t'aimer, je te vois faire. Les Roumains vont te détester et te mettre dehors.

— C'est mon pays, j'ai le droit d'y habiter si j'en ai envie.

— Tu veux écrire des choses qu'ils ne veulent pas entendre, ou qu'ils ne savent même pas, tu le vois bien, non ? En Roumanie, les gens ne lisent pas Appelfeld, ni Hilsenrath. Ils se sont même arrangés pour oublier Matatias Carp, qui était pourtant roumain, mon père te l'a dit, son livre est introuvable. Et toi tu vas réveiller tout ça au moment où le monde entier était prêt à oublier. Pourquoi tu te passionnes subitement pour le destin des Juifs ?

— Ce ne sont pas les Juifs qui m'intéressent, ce sont leurs bourreaux. Ces soldats roumains qui tuaient les retardataires à l'arrière des convois, qui riaient de voir les gens tomber et se noyer dans la boue, qui raflaient les sans-abris dans les ghettos. Ce que je trouve impossible c'est de savoir que ces salauds sont rentrés tranquillement chez eux après la guerre et que dans les familles, aujourd'hui, on fasse semblant de ne rien savoir. Dans la mienne aussi on fait semblant, mon père a feint de croire pendant soixante-dix ans que mon grand-père avait été résistant, et moi j'étais censée avaler ce bobard et le transmettre aux enfants que je n'aurai pas.

— Parce qu'il n'a pas été résistant ?

— À Moguilev, au petit musée, je l'ai vu en uniforme d'officier à côté d'Alexianu, le gouverneur de la Transnistrie.

— Pourquoi tu ne me l'as pas dit ?

— Je ne sais pas.

— Adèle…

— Bientôt je vais savoir ce qu'il a fait et je l'écrirai. Et le monde entier le saura, et mes parents le sauront, eux qui ont passé leur vie à fuir et à se planquer.

— Viens maintenant, j'ai froid, on va boire un truc chaud au café. »

Le lendemain, nous croisons au supermarché la dame du musée. Je lui raconte que nous avons visité plusieurs maisons et que les gens ne savent pas qu'elles étaient habitées par des familles juives avant eux.

« Vous sembliez surprise que le temps ait effacé la présence des Juifs, dis-je, mais pourquoi la mairie ne les informe-t-elle pas ?

— C'est vrai, c'est une chose dont nous devrions parler… »

Puis très vite elle s'enquiert de notre prochaine destination.

« Czernowitz, dis-je.

— Oh, c'est une ville tout à fait intéressante et qui hébergeait une importante communauté juive. »

Comme si nous ne le savions pas ! Elle m'agace et je me concentre sur le choix de notre pique-nique – « Quelles pommes tu aimes, Lucian ? Et regarde aussi les fromages… ».

Elle s'est éloignée, et nous sommes déjà à la caisse quand elle nous rattrape.

« J'y pense, si vous allez à Czernowitz je peux peut-être vous aider. J'ai fait l'université là-bas. Vous voulez bien m'attendre ? Je termine mes courses et je vous explique. »

Un moment plus tard, elle nous rejoint dehors.

« Pour le coup, nous harangue-t-elle, le maire de Czernowitz, voilà un homme qui a été extraordinaire pour les Juifs ! Je ne l'ai pas connu, naturellement, mais j'ai fait mon mémoire de fin d'études sur lui et il me semble que j'ai conservé le témoignage qu'il a écrit à la fin de la guerre. C'est un texte passionnant – et rédigé en roumain ! ajoute-t-elle en me serrant le poignet.

— Ah oui ?

— Voulez-vous m'accompagner jusque chez moi ? Ce n'est pas loin… J'espère remettre la main dessus, et nous prendrons un café. »

Elle habite avec son mari une maison moderne dans la rue commerçante. Elle range ses courses, prépare le café, dispose des biscuits sur une assiette.

« Installez-vous, je monte une seconde au grenier voir si je peux retrouver ce dossier. »

Un moment plus tard elle est de retour.

« Tout ce qu'il reste de quatre années d'études, s'amuse-t-elle en brandissant un gros classeur.

— En histoire ?

— Non, en sciences politiques… Ah, le voilà ! Je l'ai beaucoup annoté, mais au moins vous l'avez en entier. Prenez-le, cela vous donnera une idée de ce qui s'est passé à Czernowitz. »

Tout le reste de la journée nous nous promenons dans Secureni, le temps est agréable et il suffit de feindre de s'être perdu pour engager la conversation sur le trottoir. Les gens parlent volontiers et, pour tous, la naissance du monde semble remonter à 1944 avec l'entrée de l'Armée rouge dans la ville commémorée par des monuments disséminés ici et là. Leurs « ancêtres » arrivent de toutes les régions de l'immense Russie, dès 1947 pour les premiers, transportés par train et avec tout ce qu'ils possédaient – quelques ballots de linge. On leur avait promis qu'ils recevraient une maison, du travail et vivraient mieux. Une sorte de ruée vers l'Ouest, en somme, mais imposée, celle-ci, voulue par Staline pour repeupler des terres abandonnées. Aucun ne saurait dire ce qui s'est passé ici avant 1944, si ce n'est que « c'était la guerre ». « Des Juifs ? Non, disent-ils, souvent avec le même sourire d'enfant pris en faute, nous n'avons jamais connu de Juifs par ici. »

Ce n'est pas tout à fait vrai : une dame raconte avoir reçu la visite des petits-enfants d'une famille juive qui avait habité sa maison.

« Et qu'est-ce qu'ils voulaient ? demandons-nous.

— Voir la maison. Peut-être plus, mais ils ne nous ont pas demandé d'argent.

— Vous pensez qu'ils auraient aimé reprendre la maison ?

— Eh bien… peut-être. Mais elle est à nous maintenant, même si nous l'avons reçue gratuitement.

— Ils peuvent légitimement penser qu'elle est encore à eux puisqu'ils ne l'ont pas vendue.

— Ils ont dit qu'ils allaient voir à la mairie, mais ils ne sont pas revenus. »

Ce soir-là, j'entreprends la lecture du texte écrit par le maire de Czernowitz, curieusement intitulé « L'Histoire me jugera ». Et je ne le lâche pas avant de l'avoir terminé.

Cet homme, nommé Traian Popovici, raconte qu'il fut nommé maire de Czernowitz le 1er août 1941 par le pouvoir central, c'est-à-dire par le maréchal Antonescu. La guerre est alors engagée depuis cinq semaines et Popovici, qui est avocat, n'a aucune formation pour administrer une ville de plus de cent mille habitants dont la moitié de la population est juive.

Ses problèmes commencent quelques jours après sa nomination quand le gouverneur de la Bucovine, Alexandru Rioşanu, un militaire, le convoque pour lui demander de délimiter un quartier destiné à devenir le ghetto. Popovici s'y oppose sous le prétexte qu'un quartier cerné de barbelés serait une insulte « à l'aspect occidental de Czernowitz et à son esthétique architecturale ». Il s'oppose également au port de l'étoile jaune qui ne pourrait, dit-il, « qu'attiser la haine injurieuse des masses incultes » à l'égard des Juifs.

Curieusement, le gouverneur lui donne raison et les deux hommes, soumis aux pressions du pouvoir central pour créer un ghetto, cherchent à gagner du temps et ne bougent pas.

La situation de Traian Popovici se complique après la mort accidentelle du gouverneur Rioşanu survenue le 30 août 1941 lors d'une opération chirurgicale. Antonescu nomme un de ses proches pour le remplacer, le général Corneliu Calotescu. Dès son arrivée, les mesures les plus radicales sont prises contre les Juifs : interdiction d'exercer la plupart des métiers, expulsion des enfants juifs des écoles, création des travaux forcés pour les Juifs, suppression de leurs cartes de rationnement, etc.

« Comme résignés à leur sort, écrit Traian Popovici, les Juifs se comportaient à la manière d'ombres frappées par la furie du destin. » C'est dans ce contexte qu'il leur ouvre les portes de la mairie pour tenter de les aider en établissant toutes sortes de dérogations et de certificats signés de sa main. Les journaux se moquent de ce maire « enjuivé » et désignent bientôt les Juifs de Czernowitz comme « le peuple de Traian ».

Cependant, le 29 septembre 1941, Traian Popovici est de nouveau convoqué chez le gouverneur pour savoir où en est la création du ghetto. Cette fois, il se met en colère, rappelle que Czernowitz fut un des trésors de la monarchie austro-hongroise, une « petite Vienne », disait-on, et cela grâce à la contribution des Juifs dans tous les domaines – industriel, médical, artisanal, artistique, culturel, etc. Et pour finir il refuse de se plier à la création d'un ghetto.

Les choses semblent en rester là jusqu'au 9 octobre où, de nouveau convoqué chez le gouverneur Calotescu, il découvre que la décision a été prise de déporter la totalité des Juifs de Czernowitz vers la Transnistrie et, en attendant, de créer un ghetto pour les y enfermer, que le maire soit d'accord ou pas.

« Je restai cloué sur place, écrit-il. C'est tout juste si j'ai pu murmurer : “Vous en êtes donc là, monsieur le gouverneur ?” Ce à quoi ce dernier m'a répondu : “Qu'est-ce que j'y peux ? L'ordre vient du maréchal.” » Popovici se reprend et se lance alors dans un plaidoyer qu'il termine ainsi : « Monsieur le gouverneur, la Révolution française a donné à l'humanité le droit et la liberté et elle n'a fait que 11 800 victimes, quand vous envoyez à la mort, au début de l'hiver, plus de 50 000 âmes. Auprès de qui désirez-vous entrer dans l'Histoire, auprès de Robespierre ? En ce qui me concerne, je ne souhaite pas que l'Histoire souille mon nom. Réfléchissez bien à ce que vous faites. »

Le ghetto est créé deux jours plus tard, en dépit de son refus. « Dans la matinée du 11 octobre, écrit-il, une journée froide, humide et triste, à l'image de tous ces malheureux, je regardais la scène par la fenêtre et je n'en croyais pas mes yeux. Dans la rue, une longue procession se préparait à l'exil. Les petits-enfants soutenaient leurs grands-parents, les femmes portaient leurs bébés dans les bras, les infirmes traînaient leurs corps malades, tous avaient des baluchons à la main, certains portaient sur le dos des valises qui, sinon, étaient entassées sur des charrettes où des malles bouclées à la hâte voisinaient avec de la literie et des vêtements. »

Le périmètre du ghetto est minuscule, cinquante mille personnes sont tenues de s'y entasser avant 18 heures « sous peine d'être exécutées ». Le plan prévoit qu'elles seront ensuite déportées par convoi de deux mille âmes, à raison de cinquante par wagon – des wagons à bestiaux.

Le lendemain, 12 octobre, nouvelle réunion dans le bureau du gouverneur en présence des responsables municipaux, des officiers supérieurs de l'armée et de la gendarmerie. Cette fois, Traian Popovici plaide durant une heure pour expliquer que la ville ne pourra plus fonctionner sans les représentants juifs d'une liste de professions qu'il a fiévreusement établie durant la nuit. Le gouverneur est troublé, il ne peut pas condamner Czernowitz à la faillite. Popovici propose alors de se rendre en personne à Bucarest pour rencontrer le maréchal et le convaincre. On pointe de nouveau la liste, on refait le compte des professions indispensables et le gouverneur s'engage à appeler lui-même le maréchal. Antonescu semble à son tour embarrassé, on rappelle le maire et on lui demande une liste de noms correspondant aux « Juifs indispensables ». Alors que cette liste ne doit pas excéder deux cents personnes, Traian Popovici parvient, de négociations en coups de colère, à la porter… à vingt mille ! Au total, ce sont ces vingt mille personnes, sur les cinquante mille condamnées à la déportation, qui vont recevoir « l'autorisation Popovici » et échapper ainsi à la mort.

« Les expédier vers le néant, la famine, l'hiver, le typhus et autres épidémies, contraindre les jeunes filles et les femmes à se prostituer pour un bout de pain, et tous à endurer la haine de la population ukrainienne, tel était l'objet visé par la déportation, écrit Traian Popovici. Tout cela a amoindri l'estime que nous portaient les peuples civilisés et nous marque, au regard de l'Histoire, du stigmate de la barbarie. »

Ma lecture terminée, j'ai hâte de savoir quel a été le destin des deux personnages principaux de cet affrontement autour des Juifs de Czernowitz.

Condamné à mort en mai 1945, le général Corneliu Calotescu a vu sa peine commuée en prison à vie avant d'être libéré en 1956 et de mourir dans son lit en 1970, à l'âge de quatre-vingt-un ans.

Traian Popovici, lui, est mort à cinquante-quatre ans, le 4 juin 1946. À ses proches, il avait dit à plusieurs reprises être « rongé » par les visages de tous ceux qu'il n'avait pas pu sauver. Cependant l'Histoire n'a pas souillé son nom et il a été reconnu, en 1969, « Juste parmi les nations ».

Le jour décline quand nous entrons dans Czernowitz et sommes immobilisés sur la Ringplatz par un autobus qui ne parvient pas à grimper la côte et s'est arrêté en travers de la rue – est-ce la Herrengasse qu'évoque Appelfeld, si pentue qu'un jour un tramway dont les freins avaient lâché l'aurait dévalée, renversant piétons et fiacres et semant l'effroi ? Le même accident pourrait bien se reproduire ce soir si les freins de l'autobus venaient à céder, car une foule compacte se dispute les pavés et les trottoirs. Puis soudain les gens s'écartent – un camion de pompiers dont la sirène fulmine tente de forcer le passage, à moins que ce ne soit une ambulance. Songer que je suis enfin dans la ville d'Appelfeld, découvert quelques mois plus tôt chez Gibert, boulevard Saint-Michel, provoque en moi une telle émotion que lorsque les premières enseignes s'illuminent j'ai un instant d'incertitude.

« Mais Lucian, regarde…

— Quoi ?

— Non, rien. Excuse-moi. »

« Pourquoi sont-elles en caractères cyrilliques ? » ai-je failli lui demander, oubliant que je ne suis plus dans les livres d'Appelfeld. Au temps de son enfance, où je suis restée, comme enfermée dans ses phrases, on parlait encore l'allemand ici, bien que l'Empire austro-hongrois eût cessé d'exister en 1918, que la Bucovine fût devenue roumaine cette année-là et que Czernowitz fût devenue Cernauti, avant d'être prise par les Russes en 1940 et de s'appeler Tchernovtsy, d'être reprise par les Roumains en 1941 et de redevenir Cernauti, d'être reprise par les Russes en 1944 et de redevenir Tchernovtsy, pour finalement tomber dans l'escarcelle de l'Ukraine, devenue indépendante en 1991, et prendre le nom de Tchernivtsi.

« J'avais oublié qu'ici on parle l'ukrainien, dis-je.

— Bien sûr.

— Je peux te lire un passage d'Aharon Appelfeld ? Écoute :

"Ma langue maternelle était l'allemand, écrit-il. Ma mère aimait cette langue et la cultivait. Dans sa bouche les mots avaient une sonorité pure, comme si elle les prononçait dans une clochette de verre exotique. Ma grand-mère parlait yiddish et sa langue avait un autre son, ou plus exactement un autre goût, car elle m'évoquait toujours la compote de pruneaux. La domestique parlait un ruthène mêlé de mots à nous et de mots de ma grand-mère. La langue du pouvoir était le roumain. Nous le parlions tant bien que mal et nous ne l'intégrâmes jamais."

« Tu sais, Lucian, ce ne sont pas les Roumains qui ont tué sa mère, mais les Allemands. Le 5 juillet 1941 Aharon et ses parents se trouvaient dans le village des grands-parents, à Drajinetz, tout près d'ici. Les Allemands y sont entrés les premiers. Durant cette seule journée, ils ont assassiné deux mille Juifs, dont la mère d'Aharon. Il avait huit ans et demi. Outre le chagrin, cela l'a plongé toute sa vie dans un dilemme impossible : sa langue maternelle était l'allemand, mais comment parler la langue des assassins de sa mère ?

— Quand tu as lu : "La langue du pouvoir était le roumain", j'ai pensé que tu allais ajouter "la langue des bourreaux", comme tu ne rates jamais l'occasion de le rappeler. C'est aussi ta langue maternelle, Adèle, celle que tu as choisi de te réapproprier en venant vivre en Roumanie. Bientôt, quand tu auras fini ce travail et que tu t'apprêteras à le publier, toi aussi tu risques d'être plongée dans un tel dilemme.

— Non. Moi je suis du côté des bourreaux et ma langue est celle des bourreaux, aucun dilemme, tandis qu'Appelfeld était du côté des victimes mais parlait, et avait aimé, la langue de ses bourreaux.

— Et alors ?

— Quoi, et alors ? Si j'étais seulement française ils pourraient me demander de quel droit je les accuse, me dire de regarder d'abord comment les Français se sont comportés avec les Juifs et je serais dans un dilemme, mais je suis des leurs, mon propre grand-père est très probablement un de ces salauds, ils ne peuvent rien me reprocher, sinon d'avoir cherché à révéler une vérité qui n'est pas plus flatteuse pour moi que pour eux. Mais pourquoi tu me dis ça ? Tu penses que j'ai tort ?

— Pas du tout. Je crois seulement que tu ne mesures pas qu'après ça tu ne pourras plus vivre en Roumanie comme tu le veux. Mais le dilemme n'est pas là, il est plus enfoui. Adèle, pas un instant je n'ai pensé que tu avais tort, que tu devrais abandonner. Au contraire, plus je te vois travailler plus je suis… fasciné.

— Fasciné par quoi ?

— Par ta façon de faire. Comme tu sais bien jouer de ta beauté pour obtenir ce que tu veux. Comme tu es intelligente, rusée, entêtée. Tu sais déjà presque tout, tu as tout bien appris dans tes livres et tous tes papiers, mais tu as l'air si ingénue quand tu interroges les gens dans la rue, et en même temps tu es si jolie qu'ils se précipitent pour t'aider. Ils te prennent pour le petit chaperon rouge perdu dans la forêt alors qu'en réalité tu es le loup, que tu as déjà mangé la grand-mère et que tu t'apprêtes à les dévorer. Tu as tout en tête, tu ne comptes que sur toi-même, c'est ça qui me fascine aussi. Est-ce qu'une seule fois tu t'es demandé ce que je comprenais à tout ça ? Est-ce qu'une seule fois tu m'as demandé mon avis ? Non. Je suis là pour assurer la traduction, tu me payes pour ça, et tu te fiches de ce que je peux bien penser, à supposer même que je sois capable de penser. L'autre fois, je te regardais faire, et je me disais : Adèle est un véritable démon.

— Un démon. Tu as pensé ça, vraiment ?

— Je le pense à chaque instant. Là, tout de suite, je le pense encore. C'est pourquoi je suis troublé que tu m'aies lu un passage d'Appelfeld – c'est la deuxième fois seulement que tu m'associes à ton travail. Je le pense, oui, mais curieusement je suis amoureux de toi. Et de plus en plus.

— C'est vrai, tu m'aimes ? Tu ne triches pas ?

— Si je triche, c'est avec moi-même, en me figurant que ça pourrait durer. J'ai vu avec quel appétit tu te sers dans la vie : tu prends ce dont tu as envie, et quand tu en as assez, tu laisses tomber et tu vas te servir ailleurs. Je me souviens comment tu m'as fait l'amour dans la lingerie la première fois, sans vraiment me demander mon avis, mais ça m'allait, hein, ça m'allait même très bien, je ne suis pas en train de t'accuser de viol. Et aussi à quelle allure tu as largué Arthur ! Du jour au lendemain, sans souffrir. C'est à ce moment-là que j'ai pensé pour la première fois : Adèle est un démon. Tu consommes, mais tu n'aimes pas, je crois. Tu es bien trop occupée par toi-même, par tout ce qui te contrarie autour de toi, et même en toi, pour aimer qui que ce soit. »

Il s'est tu. Il est amoureux de moi, ai-je pensé, il devine que bientôt je le quitterai, qu'il souffrira, il est en train de découvrir que son bonheur dépend désormais de moi et cela m'a provoqué, comme chaque fois, des élancements délicieux dans le bas du ventre.

« J'ai très envie de toi, Lucian, ai-je dit après un silence, s'il n'y avait pas tous ces gens qui peuvent nous voir, on ferait l'amour dans la voiture.

— Alors tu te fiches d'être un démon ?

— Donne-moi ta main… Tu sens comme mon cœur bat vite ? »

Une dépanneuse s'est enfin présentée et en quelques minutes elle a dégagé l'autobus. Nous avons pu avancer, c'était sûrement la Herrengasse, et quand le porche de l'hôtel est apparu je me suis engouffrée dessous.

« Viens, j'ai réservé une belle chambre. »

Nous avons commencé à faire l'amour dans la salle de bains et terminé sur le lit.

Lucian était essoufflé.

« Je t'ai épuisé, mon chéri. »

Je me tenais sur un coude pour le regarder. Il a souri.

« Moi aussi je t'aime, tu es si joli, Lucian. »

Il a levé un bras pour me caresser l'arête du nez.

« Alors il est où le dilemme ? ai-je demandé.

— Quel dilemme ?

— Celui dont on parlait dans la voiture et qui serait enfoui quelque part.

— Ah oui, oui, pardon… Ce que tu n'expliques pas bien, c'est pourquoi tu fais ce travail. Tu ne veux pas mettre en avant l'émotion que provoque en toi le destin des Juifs. Je le comprends, l'émotion c'est intime, donc il est entendu que tu ne fais pas ça *pour* les Juifs. Alors tu évoques ta colère contre les Roumains qui, au contraire des Allemands, refusent d'assumer les massacres qu'ils ont commis. Ce serait ton principal argument. Oui, mais par ailleurs tu n'es pas particulièrement "morale", je commence à bien te connaître, tu serais plutôt un peu tricheuse, un peu voleuse, donc tu n'es pas très crédible en justicière. Alors je me demande si sous prétexte d'accabler les Roumains tu ne cherches pas à t'accabler toi-même, à te salir. Tu n'es pas fâchée que je te traite de démon, et je devine pourquoi : parce que tu trouves que c'est bien vu, tu te connais, tu te vois faire. Ce serait ça ton dilemme : être prise pour une redresseuse de torts quand tu ne chercherais qu'à te noircir un peu plus à tes propres yeux et à ceux du monde. Voyez d'où je viens, non seulement je suis roumaine, mais en plus je suis la petite-fille d'un criminel de guerre… Pourquoi tu éteins ?

— Parce que je suis fatiguée. On sortira dîner plus tard, tourne-toi, j'ai envie de m'endormir contre toi. »

C'est un matin frais et clair, nous descendons vers la gare car c'est dans ce quartier, au-dessus des voies ferrées, que vivaient les Juifs les plus pauvres et que fut créé le ghetto. La pente est raide, la rue s'appelait autrefois Judengasse. Passant par là en 1922, à l'âge de quinze ans, Mircea Eliade, déjà antisémite, s'agaçait de ne croiser que des boutiques juives et de ne pas pouvoir parler aux commerçants qui tous s'exprimaient en allemand. « Seulement deux pour cent de la population est roumaine », se lamentait-il.

J'ai recopié dans un cahier tous les témoignages des derniers habitants de Czernowitz qui ont connu la ville au temps où les Juifs y habitaient, témoignages recueillis par Florence Heymann pour son livre magnifique *Le Crépuscule des lieux*, de sorte que je peux en lire certains passages à Lucian. « "Autour de la Judengasse, lui confie Rita, une jeune fille de la bourgeoisie dans les années 1930, il y avait des petits artisans, des Juifs très pauvres, beaucoup sans gagne-pain, avec huit ou dix enfants. Logés dans des maisons terribles, très, très modestes. J'y allais avec ma grand-mère parce que l'hôpital juif s'y trouvait et qu'elle y avait ses pauvres." »

Martha fréquentait également ce quartier, enfant. « Ma grand-mère, Esther, me prend la main et m'emmène dans le quartier juif, se souvient-elle, le pauvre vieux quartier turc, où se trouvent des bains turcs, de vieilles fontaines, et des maisons basses que le soleil n'atteint pas, serrées les unes contre les autres. Les odeurs sont celles de la pauvreté, mêlées à celles de l'ail et de l'oignon. C'est un monde différent de celui de la ville haute, avec ses grandes maisons de pierre, ses poêles de céramique verte ou orange et ses escaliers de pierre. C'est un monde de pauvreté et de chants. Ma grand-mère me prend la main et m'emmène voir le rabbi. »

Le 11 octobre 1941, Aharon Appelfeld et son père ont pris place dans la « longue procession » qui pénètre dans le ghetto et qu'observe Traian Popovici depuis sa fenêtre. Le quartier a été ceinturé par des barbelés et les cinquante mille Juifs de Czernowitz y sont désormais enfermés.

« D'abord, nos vies furent rendues amères par la faim, puis par le froid, dira Appelfeld. Je fus séparé de mon père, laissé seul avec les femmes et les enfants, et j'étais envahi par des visions de la mort qui courait déjà parmi nous. Les enfants qui jouaient aux osselets sur le sol en ciment la nuit étaient retrouvés morts de froid le lendemain matin. Qu'est-ce qui me maintint en vie ? Je ne sais pas. Quelquefois il me semble que ma mère, qui m'apparaissait souvent dans mes rêves, me murmurait de me lever et de marcher. »

Traian Popovici, qui se rend dans le ghetto, se dit « effondré » par les conditions de survie imposées aux futurs déportés. « Les capacités d'hébergement étaient ridicules, écrit-il. Les pièces disponibles abritaient trente personnes ou davantage, et la grande majorité était obligée de s'installer dans les couloirs, les greniers, les caves, les cours, les remises, bref, partout où l'on pouvait se protéger de la pluie et de la neige. Sans parler des conditions d'hygiène, comme le manque d'eau potable. Une odeur âcre de transpiration, d'urine, de matières fécales et d'humidité s'abattit sur le quartier, le distinguant du reste de la ville. »

Je photographie les dernières « petites maisons basses que le soleil n'atteint pas », habitées aujourd'hui par des familles tsiganes. Quant à la grande synagogue, construite en 1873, elle est devenue un cinéma. Oui, mais en retournant vers la ville haute nous trouvons sans difficulté la *Jüdisches Haus*, somptueux édifice au coin de la Heinegasse. Construite au début du XXe siècle elle abritait tous les services administratifs de la communauté juive et différents salons de réception. Un professeur, rencontré à l'hôtel, a dit à Lucian qu'un musée juif serait sur le point d'y être créé.

Nous avons le nom du directeur, Mykola Kushnir, mais lorsque nous le demandons, personne ne le connaît. Par chance, il répond au téléphone et nous rejoint. Il est en effet question de créer un musée de « l'histoire et de la culture juive en Bucovine », mais pour le moment seule une pièce a été allouée au projet, et c'est dans celle-ci que M. Kushnir nous reçoit. Nous le croyions juif, mais il ne l'est pas, c'est sa curiosité pour l'Histoire qui lui a inspiré ce projet. « Après la guerre, dit-il, l'État communiste se fichait absolument que les Juifs aient disparu, tous les morts étaient des Soviétiques et ceux qui prétendaient le contraire étaient envoyés à l'asile psychiatrique. » La *Jüdisches Haus* avait été attribuée par le maire communiste de Czernowitz aux ouvriers du textile. Après la chute du communisme, les choses n'ont pas beaucoup changé : l'État ukrainien n'a pas voulu se préoccuper de la mémoire juive, et seuls quelques Juifs ont tenté d'établir une liste des victimes. « L'histoire de l'holocauste, dit le directeur du musée fantôme, il nous reste à la découvrir avant de pouvoir l'exposer. »

« Dans le ghetto, écrit Aharon Appelfeld, les enfants et les fous étaient amis. Tous les repères s'étaient effondrés : plus d'école, plus de devoirs, plus de lever le matin ni d'extinction des feux la nuit. Nous jouions dans les cours, sur les trottoirs, dans des terrains vagues et de multiples endroits obscurs. Les fous se joignaient parfois à nos jeux. Eux aussi avaient tiré profit du chaos. L'hospice et l'hôpital psychiatrique avaient été fermés, et les malades, livrés à eux-mêmes, erraient dans les rues en souriant. Dans leurs sourires, en dehors du sourire lui-même, il y avait quelque chose d'une joie maligne, comme s'ils disaient : "Toutes ces années vous vous êtes moqués de nous car nous mélangions un sujet et l'autre, un temps et l'autre, nous n'étions pas précis, nous désignions les lieux et les objets par d'autres noms. À présent, il est clair que nous avions raison. Vous ne nous avez pas crus, vous étiez si sûrs de votre bon droit et vous nous méprisiez, vous nous avez envoyés dans des hospices et vous nous avez enfermés derrière des portes verrouillées." Il y avait quelque chose d'effrayant dans le sourire joyeux des fous. »

Les enfants du ghetto sont laissés avec les fous parce que leurs parents sont envoyés aux travaux forcés. Les femmes au nettoyage des bâtiments publics et des rues, les hommes à la reconstruction des édifices détruits durant la reprise de la ville aux Soviétiques et à la reconstruction des ponts qui ont sauté sur le Pruth. C'est le cas du père d'Aharon Appelfeld.

Le ghetto n'est pas destiné à durer et doit être vidé de ses occupants avant la fin de l'année 1941 – ce qui sera fait. Dès le 14 octobre les autorités roumaines entreprennent les déportations. Les gens pressentent qu'on les conduit à la mort, aussi les militaires interviennent-ils par surprise pour éviter un effet de panique à l'intérieur du ghetto et un éparpillement des habitants. Ils encerclent silencieusement et nuitamment quelques rues dont tous les habitants se trouvent piégés. Certains préfèrent se suicider plutôt que de partir. Rapidement rassemblés en une colonne de deux mille personnes, les Juifs sont conduits à la gare où ils sont immédiatement poussés dans les wagons qui les attendaient.

Les trains ne vont pas au-delà du Dniestr, ils s'arrêtent aux points de passage de Iampol ou d'Otachi et débarquent leurs passagers. Alors commencent les interminables marches vers les camps d'extermination d'Obodovka, de Peciora et de Berşad, dans la boue et le froid, qui tuent en quelques jours les plus faibles.

Cette marche forcée qu'Aharon Appelfeld « essaie de relater sans succès, depuis des années », il y revient pour Florence Heymann et parvient à l'évoquer plus longuement, au présent parfois, reprenant pour l'amplifier ce qu'il en écrit dans *Histoire d'une vie*, comme si, soudain, il la revivait : « Mon père et moi participâmes à une marche forcée qui commença avec deux cents personnes et se termina avec trente. J'ai essayé de décrire cette marche dans l'un de mes journaux intimes : "Depuis quatre jours, nous pataugeons dans des routes de boue profonde, un long convoi, entouré de soldats roumains et d'irréguliers ukrainiens qui nous fouettent et tirent. Mon père tient ma main très fort. Mes courtes jambes ne touchent plus le sol. Le froid et la boue me coupent les hanches. Tout est sombre autour, excepté la main de mon père. Je ne sens rien, maintenant, même pas sa main. Ma main est déjà en partie paralysée. Je sais : un seul petit mouvement et je vais tomber. Même mon père ne pourra pas me sauver. Beaucoup d'enfants sont déjà tombés de cette manière. À la nuit, quand le convoi s'arrête, mon père me sort de la boue et nettoie mes pieds avec son manteau. J'ai perdu mes chaussures depuis longtemps et je plonge mes pieds glacés dans la doublure de son manteau pour un moment. Le minuscule brin de chaleur fait si mal que j'enlève vite mes pieds. Ce mouvement rapide, pour une quelconque raison, met mon père en colère et j'éclate en sanglots. Mon père me console et dit que maintenant nous devons être indulgents envers nous-mêmes. Ma mère avait l'habitude d'employer le mot 'être indulgent', mais maintenant il semblait étrange, comme si mon père et moi nous étions trompés. Je ne lui lâchais pas la main et m'endormis. Pas pour longtemps." Tandis que le ciel est encore sombre, les soldats réveillent le convoi avec des coups de fouet et des coups de feu. Mon père me prend sur ses épaules, et quand le fouet me frappe, il me met sur mes jambes et me tire. La boue est profonde et je ne peux sentir le sol solide. Ça me fait mal, je pleure. Mon père répond immédiatement : "Rends-moi les choses plus faciles, plus faciles !" J'ai entendu ces mots plus d'une fois ici. Après ces mots on entendait une chute, un cri, un vain effort pour sauver l'enfant qui s'enfonçait. Pas seulement les enfants tombaient. Même les grandes personnes tombaient sur les genoux et sombraient. En automne l'eau monte, et la route est un profond bourbier. Mon père ne pouvait plus traîner à la fois son sac à dos et moi en même temps. Il ouvre son sac à dos et jette certains des vêtements dans la boue. Maintenant ses mains me tiennent très fermement. À la nuit, quand le convoi s'arrête, il me frotte les jambes et me fait des massages des jambes et des bras et les sèche avec la doublure de son manteau. Pendant un moment il me semble que ce n'est pas seulement mon père qui est avec moi, mais aussi ma mère, que j'aimais tellement. »

Appelfeld, que je n'aurais pas lu si je n'avais pas rencontré, un soir à Bucarest, Vasile Popovici.

Beaucoup de gens s'appellent Popovici en Roumanie, mais puisqu'il me faut un prétexte pour le rappeler, je saisis celui-ci.

« Pardon de vous déranger, monsieur, c'est Adèle, Adèle Codreanu, je ne sais pas si vous vous souvenez de moi…

— Bien sûr que je me souviens de vous. C'est vous qui m'avez appris la mort d'Appelfeld…

— Oui, et vous m'avez conseillé d'appeler Hilsenrath… Je vous téléphone de Czernowitz.

— Oh ! Alors vous êtes revenue…

— Je me demandais si vous étiez lié à Traian Popovici.

— Il était mon oncle, oui.

— Ah…

— Vous vouliez me demander quelque chose à son propos ?

— J'ai lu le texte qu'il a écrit en 1944. Vous ne m'aviez pas dit… qu'il était de votre famille.

— J'ai dû penser que vous le saviez.

— Je ne savais rien, vous vous étiez même mis en colère.

— Oui, je me rappelle.

— Je voulais vous dire aussi que j'ai lu Appelfeld.

— Magnifique ! Vous ne devinez pas comme ça me fait plaisir.

— Je l'ai là, avec moi, je le relis sans cesse… Je viens encore une fois de lire ce qu'il écrit, ce qu'il décrit, pardon, de la marche en Transnistrie avec son père. Je voulais vous dire… je… je suis tellement désolée…

— Adèle ? Ça ne va pas ? Vous pleurez ?

— Je suis tellement désolée de le découvrir si tard… J'ai honte en réalité, j'ai tellement honte… Vous savez, ce texte… ce texte-là en particulier, c'est comme si je les croisais sur la route, lui sur le dos de son père, dans la boue, avec les soldats autour, le fouet… et que je fasse semblant de ne pas les voir, que je ne fasse rien pour eux, rien, rien…

— Je vous en prie, ne pleurez pas. S'il vous plaît…

— Mais le fouet… l'enfant… je ne peux pas supporter, je ne peux pas…

— Adèle, écoutez-moi, calmez-vous. J'ai eu honte aussi d'être roumain quand j'ai découvert Appelfeld. Mais vous voyez, je préfère cette honte à l'aveuglement ou à l'ignorance. Quand nous nous sommes vus, vous vous demandiez pourquoi vous intéresser à ce pays qui a fait votre malheur, je me souviens de vos mots. Il a fait notre malheur à tous, pas seulement à vous, Adèle, et c'est bien la raison pour laquelle nous sommes tentés de le fuir. Mais la lecture d'Appelfeld nous y ramène en nous rappelant que nous avons été ce peuple de barbares, qui de surcroît revendiquait sa barbarie et semblait même en être fier. Or, aussitôt que nous savons, nous ne pouvons plus partir, n'est-ce pas, ce serait comme abandonner un malade au bord de la route pour aller se mettre au chaud. Aussitôt que nous savons, nous sommes tenus de réparer, et pour réparer il faut être sur place. C'est pourquoi vous êtes revenue, Adèle. »

Subitement, il s'est tu. Je ne voulais pas que la conversation s'arrête, mais la surprise et la honte de m'être mise à sangloter m'avaient troublée à un point tel que je n'étais plus capable d'exprimer quoi que ce fût.

« Ça va mieux ? Vous ne pleurez plus ?

— Non, je vous écoute. Excusez-moi.

— C'est pourquoi vous êtes revenue, n'est-ce pas ? Pour réparer.

— Je ne sais pas.

— Si, vous savez, sinon vous ne m'auriez pas appelé.

— Oui.

— Alors qu'allez-vous faire maintenant ?

— Rester quelques jours à Czernowitz. J'aime beaucoup cette ville et elle ne se laisse pas facilement découvrir. Et aussi, je ne vous l'ai pas dit, j'ai un amoureux ici.

— Et votre amoureux est ukrainien… J'allais justement vous demander comment vous faisiez avec la langue.

— Non, il est moldave, mais l'ukrainien est sa langue maternelle.

— Vous n'avez pas encore de maison, mais déjà un amoureux. Vous voyez, la Roumanie n'est pas un pays d'où ne peut surgir que du malheur, comme vous le disiez.

— Je pensais que ce serait juste une histoire comme ça, et maintenant je m'aperçois… que non. Ce garçon, Lucian, est lié à tout ce que j'apprends ici, à tout ce qui est en train de changer dans ma vie.

— Vous comptez écrire sur ce voyage ? Je veux dire, dans votre journal…

— Ah non, j'ai dû démissionner pour venir ici. Je vais écrire, bien sûr, mais je ne sais pas encore quelle forme cela prendra. Et il faudra aussi que ça me rapporte de l'argent parce que bientôt je n'en aurai plus. Ça ne m'inquiète pas, j'ai toujours su en gagner. Et puis je vais chercher une maison mais je ne sais pas encore où. Pardon, je vous embête avec mes petites histoires, alors que vous êtes peut-être à l'hôpital.

— Ma consultation ne commence que dans dix minutes, vous avez appelé au bon moment. Vous ne m'embêtez pas, Adèle.

— Ah, tant mieux. J'ose à peine vous le demander, mais j'aimerais vous revoir. Vous interroger sur Hilsenrath, sur votre oncle, sur votre jeunesse au temps des communistes…

— Quand vous voulez. Quand vous repassez à Bucarest, appelez-moi, je me libérerai pour vous, ce sera toujours avec plaisir.

— Oh, merci ! Je vous embrasse. »

Nous avons passé une partie de la matinée dans la gare, absolument inchangée depuis la déportation des Juifs de Czernowitz. Je voulais prendre des photos du grand hall et de sa coupole, puis des quais où nous pouvions nous figurer ces familles apeurées, grelottantes dans le froid d'octobre, que l'on conduisait à la mort et qui le savaient. Un peu plus tôt, j'avais lu à Lucian l'article du *Bukarester Tageblatt*, daté du 8 août 1942, et titré « Une Roumanie *Judenrein* ». L'auteur se félicite que le pays se situe « à l'avant-garde quant au traitement et à la résolution du problème juif, les méthodes adoptées dans ce but étant à maints égards exemplaires ». Il évoque en conclusion les derniers contingents de déportés, prévus au printemps 1943. « Le reste des Juifs de Roumanie – y compris ceux qui se trouvent en Transnistrie – devrait avoir disparu du pays à l'automne 1943, écrit-il. Cela signifie qu'au cours de l'année à venir, la Roumanie sera totalement *Judenrein.* »

Et maintenant nous déjeunons dans un bistrot de l'ancien quartier juif. Je raconte à Lucian ma conversation avec Vasile Popovici en lui cachant que j'ai pleuré, naturellement.

« Ah, c'est bien, tu n'es plus toute seule alors, lui te soutiendra, dit-il.

— Sûrement. Je l'aime beaucoup, et je crois qu'il m'aime aussi.

— Bien sûr qu'il t'aime, reprend-il en riant. Tu t'aimes si peu toi-même, Adèle, qu'on ne peut pas faire autrement que de t'aimer.

— Oui, je sais, on me prend pour le petit chaperon rouge alors qu'en réalité je suis le loup.

— Mais un loup colérique, dépressif, suicidaire. Même en loup, tu ne fais pas très peur.

— Pourtant je suis capable de te faire très mal.

— J'ai vu, oui. L'autre jour je me demandais combien d'hommes désespérés tu as laissés en chemin.

— Ne te mêle pas de ma vie, sinon je vais te détester.

— Et j'ai pensé à autre chose : si vraiment tu ne rentres pas en France, tu pourrais habiter chez moi, à Chişinău.

— Tu as une maison à Chişinău ?

— Celle de ma grand-mère, dans le bas de la ville, près de la gare. Tu connais Chişinău ?

— Non.

— Tu aimerais, c'est une ville très abîmée mais pleine de secrets, comme ici. Au temps des Russes, la ville s'appelait Kichinev. Tu ne serais pas perdue, la moitié des gens parlent le russe, mais l'autre moitié le roumain.

— Et ta grand-mère accepterait de me loger ?

— Elle est morte depuis longtemps, la maison est à moi, mais c'est petit, hein, il n'y a qu'une cheminée pour se chauffer et le toit fuit dans la cuisine. C'est là que j'habitais quand j'étais étudiant.

— Tu me la louerais ?

— Je te la prêterais, idiote, en échange tu m'aimerais – et ils eurent beaucoup d'enfants.

— Et quand je ne t'aimerai plus ?

— Il y a deux chambres.

— Alors d'accord. Au retour on passe par Chişinău et tu me la montres. »

En février 1944, les Russes entrent en Ukraine, libèrent la Transnistrie et forcent les troupes allemandes et roumaines à battre en retraite. Dans leur avancée, ils regroupent les survivants des différents camps, leur donnent les premiers soins, et ramassent au passage les orphelins qui errent dans les forêts. L'enfant Aharon Appelfeld, alors âgé de douze ans, est ainsi sauvé par des soldats soviétiques qui le déposent dans le troupeau des déportés.

Depuis son évasion du camp où est resté son père (qu'il retrouvera en Israël) Aharon a survécu en louant ses maigres bras à des fermiers ukrainiens en échange de sa nourriture. Il a appris à cacher qu'il était juif.

« Ma vie antérieure me semblait lointaine et trouble, écrit-il. Parfois un mot, une phrase ou une ombre de la maison se mettaient à flotter sans crier gare et me bouleversaient. Lors d'une course que j'allais faire au village, un enfant ukrainien se jeta sur moi et cria : "Youpin !" Je fus pétrifié. La peur que quelqu'un m'identifiât m'habitait depuis que j'avais quitté le camp. Le cri de l'enfant confirmait cette crainte.

« À partir de là, explique-t-il, je pris soin d'atténuer les signes qui pouvaient me dénoncer. J'avais trouvé dans la remise une vieille veste élimée et je demandai à Maria la permission de la porter. Je trouvai également une paire de chaussures paysannes que j'attachai avec des cordelettes, à la manière des paysans. Le plus étrange est que cet accoutrement fait de guenilles fit naître en moi de nouvelles forces. »

L'enfant se sent perdu parmi les déportés. Il pressent de nouveaux bouleversements à venir mais il n'a plus aucun repère, aucun adulte pour lui prendre la main ou lui indiquer le chemin.

« Une rescapée qui m'avait remarqué et avait constaté mon désarroi se pencha et demanda :

« "Que t'est-il arrivé, mon enfant ?

« — Rien", répondis-je.

« Ma réponse dut l'étonner car elle ne posa pas d'autre question. »

FIN

REMERCIEMENTS

Je suis infiniment reconnaissant à Ana Nenescu et à Lotus Havârneanu, mes interprètes et amies, d'avoir bien voulu m'accompagner durant mes différents voyages en Moldavie et en Ukraine. Grâce à elles, j'ai eu le sentiment de parler aussi bien le russe, l'ukrainien que le roumain. Sans leur intelligence des situations, leur curiosité et leur générosité je n'aurais pas pu écrire ce roman.

Merci également à Sorina Danaila et à Petrus Costea qui ont su me faire aimer passionnément la Roumanie.

BIBLIOGRAPHIE

Appelfeld, Aharon, *Histoire d'une vie* (traduit de l'hébreu [Israël] par Valérie Zenatti), Éditions de l'Olivier, 2004.

Appelfeld, Aharon, *Katerina* (traduit de l'hébreu [Israël] par Sylvie Cohen), Éditions de l'Olivier, 2007.

Bataille, Georges, *Histoire de l'œil*, Gallimard, 1993.

Carp, Matatias, *Cartea Neagra. Le Livre noir de la destruction des Juifs de Roumanie 1940-1944* (traduit du roumain, annoté et présenté par Alexandra Laignel-Lavastine), Denoël, 2009.

Goldensohn, Leon, *Les Entretiens de Nuremberg* (traduit de l'anglais [États-Unis] par Pierre-Emmanuel Dauzat), Flammarion, 2005.

Heymann, Florence, *Le Crépuscule des lieux*, Stock, 2003.

Hilsenrath, Edgar, *Nuit* (traduit de l'allemand par Jörg Stickan et Sacha Zilberfarb), Le Tripode, 2014.

Hilsenrath, Edgar, *Les Aventures de Ruben Jablonski* (traduit de l'allemand par Chantal Philippe), Le Tripode, 2017.

Iancu, Carol, et Platon, Alexandru-Florin, *Le Pogrom de Iaşi et la Shoah en Roumanie*, Editura Universitatii Alexandru Ioan Cuza, 2015.

Ioanid, Radu, *La Roumanie et la Shoah* (version française revue par Nicolas Weill), Éditions de la Maison des sciences de l'homme, 2002.

Sandu, Traian, *Histoire de la Roumanie*, Perrin, 2008.

Sebastian, Mihail, *Journal (1935-1944*) (traduit du roumain par Alain Paruit), Stock, 1998.

Sebastian, Mihail, *Depuis deux mille ans* (traduit du roumain par Alain Paruit), Stock, 1998.

Stivelman, Michael, *La Marche de la mort* (traduit du portugais par Irène Monique Harlek Cubric), Paulo Geiger éditeur, 1999.

Waldeck, comtesse R.G., *Athénée Palace* (traduit de l'anglais [États-Unis] par Danièle Mazingarbe), Éditions de Fallois), 2014.

Cet ouvrage a été mis en pages par

<pixellence>

Achevé d'imprimer en avril 2023
par Normandie Roto Impression s.a.s.
61250 Lonrai
N° d'impression : 2301355
N° d'édition : 553654-0
Dépôt légal : août 2023

Imprimé en France